D1729501

Güzin Kar · Leben in Hormonie

GÜZIN KAR

LEBEN IN HORMONIE

PAARUNGSKATASTROPHEN FÜR FORTGESCHRITTENE

KEIN & ABER

Lieber Leser

Verstehen Sie mich nicht falsch, auch ich möchte glücklich sein. Lange habe ich es mit den gängigen Methoden versucht, ging aus, lernte kennen, kaute Ohren, verliebte mich. Sie kennen das. Am Ende fühlte ich mich wie nach dem Zusammenschrauben eines reparierten Garagentors. Man steht mit einem Türgriff in der Hand da und fragt sich, wo der herkommt. Ich besitze keine Garage, damit Sie kein falsches Bild von mir bekommen. Aber Mann und Frau, das ist etwas für Bastler. Für meine Freundin Julia zum Beispiel, die Secondhand-Männer heimträgt wie Zinkeimer vom Flohmarkt. Wenn man sie verkehrt herum aufstellt, sieht man das kleine Leck nicht. Das Gefühlsleck, das entsteht, wenn eine andere gemeint war, die gegangen ist.

Ich selber habe vor einiger Zeit beschlossen, alleine zu leben. Wir kennen uns noch nicht gut genug, als dass ich Ihnen die näheren Umstände erklären könnte, aber Sie verstehen auch so, dass man keinen Flugzeugabsturz überlebt haben muss, um radikale Entscheidungen zu treffen. Immerhin werden Sie einräumen müssen, dass das Alleinsein gegenüber dem zwanghaften Paartum den Vorteil hat, dass man sich wechselnde Gegner suchen kann.

Onkel Zülfü und Tante Hülya konnten nach achtundvierzig Ehejahren ihre Nörgeleien im Chor sprechen. Tante Hülya litt darunter, dass ihr Mann es nicht zu mehr Geld, Besitz und Ansehen innerhalb der Verwandtschaft gebracht hatte. Onkel Zülfü aß seine Kürbiskerne und sagte: »Einer kann Tauben züchten, ein anderer Melonen. Einer weiß Taschen zu stehlen, ein anderer Herzen, und wieder einer bringt uns zum Lachen. So kommen wir aneinander vorbei. Eng wird es aber, wenn der Melonenzüchter sich für einen Herzensbrecher hält und Ratschläge erteilt.« Das war kurz nach seinem Schlaganfall, der ihn zum Einäugigen gemacht hatte, und alle munkelten, sein linkes Gehirn sei auch abgestorben, weil er nur noch in Schieflage vor dem Fernseher saß. »Red keinen Unsinn, es gibt hier keine Taschendiebe, und wer züchtet mitten im Winter Melonen?«, sagte Tante Hülya und versuchte ihn gerade zu rücken. Vor Besuchern war ihr der schiefe Gatte peinlich. Sein Gerede auch. Inzwischen weiß ich, dass Onkel Zülfü mit seinem halben Gehirn mehr recht hatte als die meisten Leute mit ihrem ganzen. Wie Garagentore reparieren, kunsthäkeln und Tauben züchten ist auch die Liebe keine Frage des Glücks, sondern des Talents. Ich habe es nicht.

Heidi

»Natürlich passen Frau und Mann nicht zusammen«, sagt Heidi, »aber was ist die Alternative? Gänse und Füchse kommen nicht in Frage, und das Lesbischsein wurde uns weder in die Wiege noch sonst wohin gelegt. Also tun wir das, was wir bei einer Computerpanne auch tun: Wir drücken, unbeirrt durch den Error-Ton, immer wieder die eine falsche Taste, weil wir glauben, das störrische Gerät sei durch Beharrlichkeit zu überzeugen. Die Hoffnung ist stets lauter als die Warnung, weshalb wir es uns länger als erträglich mit Alkoholikern, Labersäcken und erfolglosen Musikern gemütlich machen.«

Der erfolglose Musiker geht auf Julias Kappe. Heidi hingegen trägt für gewöhnlich keine Problemfälle heim, sondern Vorzeigetrophäen, die auch als Gebrauchs- oder Missbrauchsgegenstände – je nach Temperament und Körperbau – gute Dienste leisten. Das einzige Mal, als wir sie vor männlichem Unheil zu bewahren versuchten, war vor einigen Jahren, als sie sich in einen Studenten mit nur einem Hoden verliebte.

»Achtung! Der will kompensieren«, warnte Julia damals. »Wenn Männer Glatzen durch Großgrundbesitz, Kleinwuchs durch Krieg und Schielen durch Sektengründung ausgleichen, was tut dann erst ein Eineiiger, um seinem besten Freund den Zwilling zu ersetzen?« – »Ihr dummen, neidischen Weiber!«, schimpfte Heidi. »Meiner hat vielleicht nur einen Hoden, aber eure haben keinen Anstand, keine Bildung, und scheiße aussehen tun sie auch!«

Julia und ich beobachteten Heidis unvollständigen Geliebten mit Misstrauen. Würde er Hühnerfarmen überfallen und die Eier klauen? Glasmurmeln verbieten lassen? Oder würde er sich am Ende als einer jener Perversen herausstellen, die Pferde genital verstümmeln?

Doch nichts dergleichen. Er begnügte sich damit, sich das Mitgefühl Dutzender Kommilitoninnen anzubumsen, indem er alle, die vom Vorteil männlicher Symmetrie überzeugt gewesen waren, zum Vergleichsbeischlaf bewegte.

Auch Heidis Argwohn wuchs, denn sie wunderte sich, wieso auf dem Tennisplatz, wenn sie gemeinsam auftauchten, alle Frauen anfingen, die Bälle besonders vorsichtig zu schlagen und Worte wie »Ballwechsel« oder »Matchball« abenteuerlich mit Pantomime zu umschiffen. »Woher wissen die das?«, fragte sie ihn. »Intuition«, sagte er. »Sie spüren es.« – »Nein«, entgegnete eine im Vorbeigehen, »gespürt hätte es keine von uns, wenn du es nicht gesagt hättest.« Das war der ganz große Error. Totalschaden. Die Beziehung endete auf dem Schrottplatz.

»Hoffentlich kompensiert Heidi ihren Einhöder nicht mit einem, der unten mit fünf Stück rumläuft wie ein Mozzarella-Verkäufer«, sagte Julia. Heidi selber sieht es inzwischen gelassener: »Wir alle haben Flops und Pannen«, sagt sie, »aber deshalb aufzugeben, wäre dasselbe, wie alle Computer zu verbannen und wieder von Hand zu schreiben.« Während ich überlege, was sie mit dieser Analogie meint, sagt sie: »Der einzige Weg, einem Totalabsturz vorzubeugen, ist der, nie alles auf eine Karte zu setzen.« Jedenfalls besitzt Heidi jetzt mehrere Geräte parallel, und die neuen Hoden, die sie kennenlernt, verteilen sich gerecht auf verschiedene Männer.

Bastelstunde

Wie bereits erwähnt, ist Julia die leidenschaftlichste Bastlerin von uns allen. Sie hat schon versucht, aus einem groupieverwöhnten Musiker einen überzeugten Monogamisten, aus einer männlichen Buchstütze einen wilden Tänzer und aus ihrem Nachbarn einen Joggingpartner zu machen. Dass Letzterer im Rollstuhl sitzt, hatte sie in ihrer Veränderungswut kurzzeitig ausgeblendet. In Howard Carpendale, nicht dem echten, sondern einem unfreiwilligen Double, suchte sie Reife und Lebenserfahrung, er suchte in ihr Hanna, die er noch immer »meine Frau« nannte, nicht so, als wäre sie sein Besitz, sondern als wäre er ihr Hund, als den sie ihn auch behandelte. Musste das gemeinsame Kind in die Diätberatung, nannte »seine Frau« ihm einfach den Termin. Er gehorchte, lief, apportierte. Nur zum Schwanzwedeln hielt sich Hanna inzwischen einen Neuen.

Als erfahrene Bastlerin ließ sich Julia nicht entmutigen. Mit etwas Farbe und viel Empathie würde sich Howies Gefühlsdelle ausbessern lassen. Empathie für ihn, Farbe für sie selber. Die Haare wurden aufgehellt und gekürzt. Der Geist auch. Denn seit Howie beiläufig erwähnt hatte, dass Hanna im Grunde eine einfältige Frohnatur sei, wollte Julia ihn nicht mit zu viel Intelligenz und Schwermut erschrecken. Von da an pfiff sie fröhliche Lieder, überließ die wichtigen Themen des Lebens ihm und beschränkte sich auf Mode und Kosmetik. »Die ist so notorisch gutgelaunt, dass man sie stundenlang ohrfeigen will«, sagte Heidi, »kein Wunder, dass der seine Ex zurück will.« Die erbarmte sich schließlich, öffnete ihm die Tür und setzte ihn ins Körbchen. Julia blieb zurück, und ihr Haar und ihre Laune verdunkelten sich wieder.

»Das Alleinsein hat große Vorteile«, sage ich, »willkommen im erotischen Eremitenklub.« – »Willkommen im Nachtklub«, korrigiert Heidi, die die genaue Anzahl ihrer Liebhaber vermutlich nicht kennt, »jetzt geht die Party richtig los.« – »Danke für euren Trost, aber ich bin weder Eremit noch Vamp, sondern neu verliebt«, sagt Julia, »Julio, ein Peruaner. Ist das nicht lustig, Julia und Julio?« Julio habe zwar angedeutet, dass er keine feste Beziehung wolle und noch nie länger als drei Monate mit derselben Frau zusammen gewesen sei, »aber da macht er sich selber etwas vor. Er hat Angst vor zu viel Nähe.« – »Natürlich«, sagt Heidi, »der Nomade wider Willen, der Heimatlose, Vertriebene gar, hofft insgeheim auf ein warmes Zuhause und selbstgehäkelte Pantoffeln.«

Willkommen in der Bastelstunde für Fortgeschrittene.

Rituale am See

Ich wollte der Männerwelt nicht still und heimlich abschwören, sondern in einem feierlichen Akt des Abschieds. »Was man vergessen will, muss man ins Meer werfen und den Fischen zum Fraß übergeben«, hatte Fatma gesagt und mir von dem alten Ritual erzählt, mit dessen Hilfe man Probleme ein für alle Mal loswürde. »Schulden, Fettsucht, untreue Liebhaber, meine hässliche Cousine Mehtap, alles, was Kummer macht, kommt ins Meer und ist weg«, sagte sie. »Wo ist hier ein Meer?«, fragte ich. »Spatzenhirn, ein See geht auch. Notfalls die Badeanstalt. Wasser ist Wasser.«

Fatma wohnt drei Häuser weiter, und sie hat zwei Leidenschaften: Männer und Essen. Aber während ihr Kühlschrank stets gut gefüllt ist mit Leckereien, hält ihr Bett seit geraumer Zeit strikte Männerdiät. Unfreiwillig. »Sie sehen mich einfach nicht. Die Männer können winzige Atome entdecken und Staubpartikel in tausend Stücke teilen, aber einen so großen Frauenkörper wie meinen sehen sie nicht einmal, wenn er auf sie drauffällt«, sagte sie und schloss sich meinem Männerverzicht an: »Wenn sie mich nicht wollen, will ich sie auch nicht mehr.«

Nun warte ich seit einer Stunde am Seeufer auf Fatma, als sie endlich angekeucht kommt. »Ich habe Hunger«, ruft sie schon von weitem, »diese Kartondiät macht mich fertig. Reiswaffeln heißen die Dinger und schmecken wie Aktenordner. Lass uns was Ordentliches essen gehen.« – »Dein Hunger kann warten«, sage ich, »zuerst werden die Männer ertränkt.« Ich zeige auf die Schuhschachtel unter meinem Arm. »Da ist alles drin, was sich seit Beginn meiner Geschlechtsreife angesammelt hat. Fotos, Briefe, Schwüre, Fuß- und Herzpilz. Und ein paar komische Schleifchen, von denen ich nicht mehr weiß, wozu sie taugten. Und was hast du mitgebracht?« – »Jimmi«, sagt Fatma. Sie zieht das Bild eines männlichen Unterhosen-Modells aus der Tasche, das sie aus einem Versandhauskatalog ausgeschnitten hat, »den möchte ich vergessen.« – »Aber den kennst du doch gar nicht persönlich.« – »Ich kenne schon lange keinen Mann mehr persönlich. Also ist es doch egal, welchen ich ertränke.« – »Wieso ertränkst du nicht Burt Reynolds?« Fatmas Schwärmereien für den alternden Hollywoodstar dauern schon so lange an, dass selbst ich die beiden für eine Art Paar halte. »Spinnst du? Was kann Herr Reynolds dafür, wenn sich seine Geschlechtsgenossen benehmen wie Idioten?« Offenbar hat Herr Reynolds im jahrelangen Posterdasein den Status eines handelsüblichen Mannes verlassen und den eines Halbgottes erreicht.

Wir werfen Schuhschachtel und Jimmi in hohem Bogen in den See, und mich beschleichen Zweifel ob der Wirksamkeit des Rituals. »Sollten wir nicht einen richtigen Mann reinschmeißen?«, frage ich. »Irgendeinen, der für sie alle stünde?« – »Halt mal die Klappe, so kann ich Jimmi nicht vergessen.« Jimmi schwimmt oben und grinst uns an. In Unterhose. »Schade, dass ich ihn nie persönlich kennenlernen werde«, sagt Fatma, »und jetzt gehen wir Hamburger essen.«

Tom

»Jenseits der vierzig lernt man gehäuft Frauen mit dem ›Sie haben drei Minuten Zeit, die Welt zu retten, die Bösen umzulegen und mich zu schwängern‹-Blick kennen«, sagt Tom in seinen Whisky. Er selber ist einundvierzig und nicht der typische Weltretter. Dafür sieht er gut aus, so gut, dass ihn alle anderen Männer sofort als schwul deklarieren und hoffen, dass er es sei. Nach dem Ende seiner letzten Beziehung, die ihn vom Mann zum »Schatz« degradiert hatte, will er sich und allen Frauen beweisen, dass in ihm mehr steckt als der Kerl, der teuren Wein öffnen und erlesene Tischgespräche führen kann. Nun geht er Abend für Abend aus, um scharfe Drinks und ebensolche Damen zu konsumieren. Doch anders als vor zehn Jahren, als er nichts ausließ außer Haushaltsreiniger und die eigene Schwester – die Mutter war bereits verstorben –, scheinen die Frauen heute keinen Spaß mehr zu wollen, sondern »etwas Festes, etwas Bleibendes, gerne mit Hund und Garten«. Mindestens aber mit einem ordentlichen Verdienst.

»Früher ritzten sie für jeden Vollsuff und jeden Liebhaber eine Kerbe in den Türrahmen. Heute tätowieren sie die Anzahl der verbleibenden Eisprünge in den Unterarm und strecken dir diesen vorwurfsvoll entgegen.« – »Sei froh, dass dir die Frauen überhaupt etwas zutrauen«, sage ich, »von anderen will man weder geschwängert noch gerettet werden. Nicht einmal umgebracht.«

Wie von Onkel Zülfü, der unterm Bett einen Einbrecher vorfand, diesen mit der Flinte aus dem Ersten Weltkrieg zu erschrecken versuchte, sich aber als friedliebender Mensch so ungeschickt anstellte, dass der Dieb in Gelächter ausbrach. »Guter Mann«, sagte er, »Ihnen sprüht die

Barmherzigkeit derart aus den Ohren, dass man sich selber umbringen will, um Ihnen das Leid zu ersparen.« – »Ach, der Alte konnte noch nie scharf schießen«, sagte Tante Hülya unters Bett gebeugt, »am besten, ihr tauscht die Positionen.«

»Wieso erfinden Mediziner keine Legebatterie, mit der Frauen Kinder kriegen können, bis sie neunzig sind?«, fragt Tom. »Dann hätte man noch fünfzig Jahre Spaß zusammen.« – »Fünfzig Jahre? Dich würde schon das erste gemeinsame Zähneputzen vertreiben.« – »Mit der Richtigen würde ich noch im Alter synchron Gebiss reinigen. Und sie auch sofort schwängern.«

Dasselbe wünschte sich Tante Hülya vom jungen Einbrecher. »Teufel! So was kann einen Palast ausrauben und nebenbei Vierlinge zeugen«, sagte sie, »mein Mann kann nur schiefe Söhne. Nehmen Sie all mein Gold und machen Sie mir eine hübsche Tochter!« Das vertrieb den Dieb sofort. Tante Hülya trauerte ihm noch lange nach, hängte all ihren Schmuck ans Fenster, um ihn zurückzulocken. Doch er kam nicht wieder.

»Ach, hör auf mit der Richtigen!«, sage ich zu Tom, »Du hast auch schon diesen ›Ich will mich durch die Stadt bumsen, bis die Richtige kommt‹-Blick drauf. Der geht nahtlos in den ›Ich finde dich toll, will aber nichts Dauerhaftes‹-Blick und anschließend in den ›Entschuldige, dass ich mich nicht mehr melde, hab viel zu tun‹-Blick und nach Monaten oder Jahren in den ›Hab gerade an dich gedacht; Zeit und Lust auf ein Wiedersehen?‹-Blick über. Der zeigt sich immer dann, wenn inzwischen die Richtige aufgetaucht ist, die leider den ›Sorry, ich suche nicht den einen Richtigen, sondern drei Dutzend Falsche‹-Blick drauf hatte.« – »Wo führt das alles hin?«, fragt Tom. »Keine Ahnung«, sage ich. »Lass uns die Bar wechseln, ein paar Drinks retten und unseren Atem schwängern. Dann sehen wir weiter.«

Riccardo

Ich muss zweimal hinsehen, um eine Verwechslung auszuschließen. Doch, es ist Riccardo, der einen dicken Dackel an der Leine durch die edelste Einkaufsmeile der Stadt führt. »Riccardo, was tust du da?« – »Mache spaziere.« – »Mit Möckli? Du hasst ihn, du hasst alle Hunde, und bis vor kurzem hast du ihn noch ›Wurst mit vier Beinen‹ genannt.« Möckli versucht, an mir hochzuspringen, was er wegen seines fetten Bauches nicht schafft. Also legt er sich hin. Seit Riccardo mit Annerösli zusammenkam, plagt sie ihn, den ehemaligen Bauarbeiter, der den Rest seines Lebens vor dem Fernseher verbringen will, mit Wanderwünschen, denen er trotzt, indem er droht, sich auf dem Sofa einzumauern. Schließlich rationierte Annerösli das Fernsehen und befand, Mann und Hund hätten gemeinsame Spaziergänge zu unternehmen, weil beide immer dicker würden. »Goffertelli«, sagte Riccardo, »meini Dickbauch isch meini privat.« Schließlich lebe er dreißig Jahre mit dem Bauch, da gewöhne man sich aneinander. »Er oder ich«, sagte Annerösli, doch erst als sie ihm mit Trennung drohte und dies durch einen Seitensprung mit einem wanderfreudigen Albaner unterstrich, begann Riccardo den verhassten Hund auszuführen.

»De Möckli isch eine Kollega«, sagt er nun, als schiebe er einen asbestverseuchten Bauarbeiterkumpel im Rollstuhl durch die Gegend. Eine blasse Frau im Pelz bleibt stehen. »Das ist aber ein süßes Pummelchen«, strahlt sie Riccardo an, und ich frage mich, ob sie Dackel oder Mann meint, »ich musste meinen einschläfern lassen.« – »War Ihr Mann alt oder einfach nur lästig?«, frage ich. Sie überhört es und verabschiedet sich stattdessen lächelnd von Riccardo. Kaum ist sie um die Ecke, kommen zwei gelbe Dauerwellen, vermutlich Mutter und Tochter, des Weges. Sofort fangen sie an, Möckli zu herzen und seine Wampe zu knuddeln, und ich befürchte, dass sie mit Riccardo dasselbe tun werden. Ich zerre ihn weg. »Missbrauchst du das arme Tier, um Weiber kennenzulernen?« Er könne nichts dafür, dass alle Frauen Hunde liebten, verteidigt er sich. »Die wollen dich, nicht den Hund. Mit Bauarbeitern zu schlafen, ist für die dasselbe, wie hungernde Kinder zu retten, wobei die Rollenverteilung beim Sex nicht eindeutig wäre, ausgehungert, wie die aussehen!« Riccardo ist empört. »Goffertelli! Ich such kein Frau für sexy mache!«, und fügt leise an: »Nur für zusammen Fernseh.« – »Mit so hässlichen Weibern darfst du weder fernsehen noch kunstmauern!«, sage ich. »Da lässt sich ein Mann lieber einschläfern. Schöne, kluge Frauen streicheln niemals einen so hässlichen Hund.« – »Goffertelli! Bisch totale intelligent!«, sagt Riccardo und tritt Möckli wach, der inzwischen eingeschlafen ist. »Brauche andere Hund. Schön Hund bringe schöne Fräulein mit zwoi schöne Auge, zwoi schöne Bein und zwoi totale groß … Fernseh!«

Sozialer Fall

Darüber, wie Riccardo in meinen Bekanntenkreis gelangte, gibt es verschiedene Versionen. Sicher ist, dass er durch Heidi eingeschleppt wurde, wie alle Sozialfälle außer dem Filmer Ernst Fritschi, der auf meine Kappe geht. An einer

Bushaltestelle trafen sie aufeinander, Heidi verheult, Riccardo fluchend. Heidi hatte sich mit ihrem Liebhaber zerstritten, jenem Studenten, der nur einen Hoden, aber mehrere Nebengeliebte besaß, von denen Heidi durch Zufall erfahren hatte; Riccardo hingegen wollte die Beamtin verprügeln, die behauptet hatte, sein Rückenschaden sei nicht die Folge jahrzehntelanger Schwerarbeit auf Baustellen, sondern das Ergebnis schlechten Laienschauspiels. Aber da Riccardo keine Frauen schlägt, staute sich seine Wut in ihm und entwich in seltsamen Kraftausdrücken: »Goffertelli«, sagte er, »mache alli Beamte kaputt! Goffertellinomolle!«

Nachdem Heidi und er sich beim späteren Bier gegenseitig ihre Geschichten angehört hatten, bot Riccardo an, ihrem untreuen Geliebten die Fresse zu polieren und auch noch das verbliebene Ei abzureißen, denn eine so nette und schöne Frau gehöre nicht betrogen. Wenn sie »ein bös Frau mit Hochnase« wäre, hätte er Verständnis für derlei Eskapaden, da würde er dem Mann gratulieren und ihm noch ein paar Hoden zusätzlich dranhängen, aber so? Heidi versprach öfter mit ihm ein Bier trinken zu gehen und sich um seine Invalidenrente zu kümmern. Doch da sie in den folgenden Wochen wegen Liebeskummer verhindert war, musste ich die Sache mit der Rente übernehmen. Die Sache mit dem Trinken auch. Wir verbrachten viele Stunden in seiner Stammkneipe, in der zahnlose Männer, oder was von ihnen übrig ist, schon morgens um neun vor ihrem Bier sitzen. Riccardo selber verkehrt dort hauptsächlich wegen des Fernsehers, der über der Bar hängt. Damals wie heute fehlte das Geld für ein eigenes Gerät. Als Dank für meine Mühen wollte Riccardo auch meinem Liebhaber die Hoden abreißen, so jener untreu werden sollte. Wir einigten uns darauf, dass er stattdessen meinen Küchentisch reparieren könnte.

Und vielleicht den großen Spiegel aufhängen. »Und wo isch dein Oscar?«, fragte er mich bei seinem ersten Besuch verwundert. Ich sei doch Filmerin. »De Oscar wohne in mein Keller«, sagte ich und merkte im selben Moment, dass Riccardo meiner Seele und meiner Küche guttat, nicht aber meiner Sprache. Trotzdem wurden wir Freunde. Denn spätestens als er meinen neuen, großen Fernseher sah, fühlte er sich bei mir wie zu Hause. So blieb er an mir hängen. Und ich irgendwie auch an ihm.

Eine Reset-Taste fürs Leben

»Es sollte eine Reset-Taste fürs Leben geben«, sage ich zu Julia und Heidi, die gelangweilt das Männerangebot im Lokal durchsehen, »einen Knopf, mit dem alles genullt werden könnte. Dann hätte alles nie stattgefunden: die falschen Entscheidungen, die falschen Lieben und die richtigen Enttäuschungen nicht. Die Eltern wären nicht an allem schuld, und man selber hätte sich nie von Kellnern erniedrigen lassen.« – »Aber dann wird auch alles Gute gelöscht«, sagt Heidi, »zum Beispiel der Kleine dort hinten mit den Körper eines Teenagers und dem Blick eines Serienvergewaltigers.« – »Abgesehen davon, dass mich dein minderjähriger Vergewaltiger nicht umhaut, ist mir schon klar, dass man auch das Gute löschen würde«, sage ich, »aber das wäre einem in dem Moment, wo man den Finger auf die Taste legt, egal. Denn man drückt diese wohl kaum, weil man hofft, von einem tollen Leben in ein noch tolleres aufzubrechen. Nein, diese Funktion wäre für Armselige wie mich erschaffen worden, deren biografischer Sperrmüll die ganze Straße füllt, während sich die Lebenspreziosen daneben als mickriges Häuflein ausnehmen.« – »Ach so, eine Depression«, sagt Heidi, »und ich hatte schon Angst, es sei was Schlimmes.« – »Und wie soll das gehen, neu anfangen?«, fragt Julia. »Willst du ganz allein auf eine Insel und dort von gerösteten Käfern leben oder so?« – »Und wieso allein?«, fragt Heidi. »Wir könnten dir einen Freitag organisieren oder wie immer der kleine Fußsklave von Robinson hieß.« – »Ich will keinen Freitag und keinen Sonntag, sondern einen neuen Job und eine günstigere Wohnung. Denn irgendwann muss auch ein Idealist wie ich einsehen, dass es nichts mehr wird mit der Filmerei.« Julia sagt: »Nimmst du wenigstens uns mit in dein neues Leben, oder sollen wir dich geistig beerdigen?« – »Beerdigt mich.« – »Willst du Nachrufe? Fanfaren?« – »Nein, ruft mir nichts nach. Da käme ich womöglich zurück, um etwas richtigzustellen, das als Laudatio gesagt, aber als Verleumdung gehört würde. Und bitte, lasst auch das mit den Fanfaren, in unserem Freundeskreis beherrscht keiner dieses Instrument. Nehmt Drehorgeln, die sind peinlich genug.« – »Aber warum diese Radikallösungen?«, fragt Julia. »Du könntest dich partiell neustarten wie die echten Stars und dir ein Paar neue Brüste einbauen lassen.« – »Oder dir einen jungen Kubaner schnappen«, sagt Heidi, »er findet den Reset-Button immer. Und das gleich mehrmals hintereinander.« – »Oder ihr könntet euch Botox ins Hirn jagen«, sage ich. »Dann hört ihr auf, so einen Blödsinn zu reden. Ihr habt mir die schönste Depression seit Jahren verdorben.«

Bitte nicht berühren

Oli schreibt die schönsten und ungewöhnlichsten Liebesszenen, die lustigsten Dialoge, er baut die raffiniertesten Hürden ein und überrascht mit dem originellsten Ende. Kurz: Er ist ein guter Drehbuchautor, ein sehr guter sogar. Doch da er sich mehrheitlich nicht in Filmen, sondern im wahren Leben herumtreibt, nützt ihm das manchmal nichts. Das wahre Leben plagt Oli zurzeit in Form einer Antiquitätenhändlerin, in deren Laden er seit Monaten ein und aus geht. Während er da einen Tisch, dort einen Sessel begutachtet, denkt er über den perfekten ersten Satz nach und fragt sich gleichzeitig, ob er nicht doch zu jung für sie wäre. Schließlich verweilt er bei den Bistrostühlen, und weil ihm der Satz nicht einfällt, fragt er nach dem Preis für die Stühle und versucht dabei, jene Mischung aus Beiläufigkeit und Interesse zu imitieren, die er bei Fachleuten beobachtet hat. Sie sagt gelangweilt: »Mpfgthundert pro Stück.« – »Vierhundert? So viel?« Schweigen. »Ach, tausendvierhundert?« Aus dem mitleidigen Blick, mit dem sie ihn von oben bis unten mustert, spricht der Subtext: Geh doch zu Ikea.

»Ich fühle mich wie ein Versager«, klagt Oli, »wie einer, der sie beim ersten Date an einen Wurststand einladen würde, um dort festzustellen, dass er nicht genug Geld dabeihat. Sie würde aushelfen müssen. Sie würde immer aushelfen müssen, beim neuen Computer, bei der Kaution für die gemeinsame Wohnung und natürlich auch in den Ferien. Und jedes Mal, wenn ich ihren Wagen ausleihen wollte, würde sie mir zu spüren geben: Das einzig Wertvolle in deinem Leben bin ich.« Das alles geht Oli durch den Kopf, obwohl sie zu ihm, von den Preisangaben einmal abgesehen, bisher nur drei Worte sagte: »Bitte nicht berühren.« Gemeint war die kleine Musikdose, der er sich aus Verlegenheit zugewandt hatte.

»Ist doch albern«, sage ich. »Ein Mann mit Geld und Erfolg weckt Bewunderung, eine Frau Minderwertigkeitskomplexe.« Was Oli nicht davon abhält, sie dreimal die Woche im Laden zu besuchen. »Wenn sie mich bloß einmal so ansehen würde wie ihre Möbel, voller Wärme und Zuneigung. Sie entfernt jedes Staubkorn, und als ich sie einmal mit einem Poliertuch sanft über eine Art-déco-Garderobe wischen sah, wusste ich: Das ist Leidenschaft!« Eifersucht auf eine Garderobe ist erniedrigend und wird nur noch durch unseren Filmerkollegen Ernst Fritschi übertroffen, der den Plüschtiger, welcher mit seiner Angebeteten ins Bett durfte, in ein Säurebad legte.

Die rettende Idee für den perfekten ersten Satz kam von Heidi. »Das nächste Mal, wenn du den Laden betrittst«, schlug sie vor, »sagst du zur Antik-Tussi: ›Man sieht es mir nicht an, aber ich bin schon mpfgthundert Jahre alt. Möchten Sie mich mit Holzöl und Wurmschutzmittel einreiben?‹«

Verlängernde Argumente

Egal, wie man über Heidi denken mag, eines muss man ihr zugutehalten: Früher war sie bösartiger, nicht nur zu Männern. Zwar kann sie auch heute noch eine Runde von Filmgrößen in Verlegenheit bringen, indem sie das Gespräch schlagartig in untere Regionen verlegt, aber so etwas wie jene Szene im Restaurant würde sie nicht mehr bieten. Damals starrten sie und ein Fremder sich über die Tische hinweg mit lüsternen Blicken an. Auf einmal stand Heidi auf, ging zu dem Mann hin und sagte: »Genug, das muss als Vorspiel reichen. Steh auf, wir gehen zu mir.« Der Mann stand auf und folgte ihr, bis ihm an der Tür einfiel, dass er mit Frau und drei Kindern gekommen war, die etwas erstaunt von Tee und Kuchen hochsahen. Natürlich machte die Frau eine Szene, die Heidi mit den Worten unterbrach: »Beruhigen Sie sich! Erstens wusste ich nicht, dass er angeleint ist, zweitens bringe ich ihn nach Gebrauch so zurück, wie die Nächste ihn vorfinden will. Zum Heiraten ist der mir zu hässlich.«

Nicht besser erging es jenem jungen Mann, den Heidi von der Kasse des Bio-Ladens, wo sie einkauft und er arbeitet, nach Hause schleppte. Als der Kleine sich vor ihr entblößte, sagte sie nach einem enttäuschten Blick in seine Leistengegend: »Ne, das geht gar nicht. Zieh dich wieder an.« Der Mann protestierte. Das sei wie bei den Bio-Bananen, wo die kleinen nahrhafter und schmackhafter seien. Heidi sah ihn mitleidig an und sagte: »Deine Mama hat dir mit solchen Märchen die Kindheit versüßt, aber du bist jetzt alt genug, um die Wahrheit zu erfahren. Erstens: *Size matters.* Zweitens: Dein Vater ist vermutlich nicht der, den du dafür hältst.« – »Wieso? Ich meine das mit dem Vater?« – »Weil der die viel größeren Bananen auf den Markt trägt als du. Er war gestern hier.«

Die Episode kursierte im Freundeskreis, und alles debattierte über die Frage der Größe. Eines Abends – die anwesenden Frauen hatten sich gerade von den besorgten Männern auf die Formel herunterhandeln lassen, dass alles eine Frage der richtigen Technik sei – platzte Heidi in die Runde und sagte: »Ich möchte mal wissen, ob je eine Frau auf die Idee kam, ihre zu kleinen Möpse mit den Worten schönzureden: Kommt doch nicht auf die Größe an, sondern darauf, was man mit ihnen anstellt.« Die Frauen gingen heim und stopften ihre Abschminkwatte in den BH. Die Jungs suchten im Internet nach Methoden, die entweder die Tatsache oder ihre Argumente verlängerten. Nach einigen Monaten trafen sich Heidi und der Bio-Mann wieder im Laden. Er gehe ihretwegen in Therapie, sagte er, ihre kategorische Ablehnung habe bei ihm zu Komplexen geführt. »Du musst mit dieser Therapie aufhören«, sagte sie, »sofort.« – »Wieso?« – »Was wieso? Vom Reden auf einer Couch wird dein Ding auch nicht größer. Wenn vom vielen Schwatzen wenigstens deine Zunge wüchse, hätten die Weiber was davon, so aber ist das Einzige, was zulegt, das Portemonnaie des Therapeuten. Nur stehe ich nicht auf Sextoys, und bei einem Geldbeutel wüsste ich auch nicht recht, in welche Körperöffnung er gehört. Also spar dir dein Geld und geh damit auf Reisen zu den Liliputanern.« So war Heidi vor zehn Jahren. Und mehr als ein Mann ist froh, ihr nicht schon damals begegnet zu sein.

Fatma, die Pizza und der Bote

»Mein Göttchen, du fällst mir noch vom Fleisch«, sagt Fatma und kommt herein, »in einer halben Stunde ist die Pizza da.« – »Ich habe keine Pizza bestellt.« – »Aber ich. Du wirst mir noch magersüchtig.« – »Ich will keine Pizza, ich will nie wieder essen. Ich hasse mich selber und will verhungern.« – »Spatzenhirn, was redest du für dummes Zeug?« – »Ich habe mein Drehbuch an dreißig Firmen geschickt, und heute kam die dreißigste Absage.«

Dreißig Absagen, das sind so viele, dass man sie feiern könnte. »Tatatataaaa«, könnte man den Briefträger begrüßen, »Sie bringen die dreißigste Absage. Sie haben eine Waschmaschine gewonnen!« – »Ich nehme lieber Ihren Brotbackautomaten«, würde er entgegnen. »Ich habe keinen Brotbackautomaten.« – »Doch«, würde der Briefträger sagen und mir das Schreiben mit der dreißigsten Absage vorlesen: »Sehr geehrte Nullnummer von Drehbuchautorin! Leider müssen wir Ihnen mitteilen, dass Ihre Geschichte nicht den Nerv der Zeit trifft. Die Handlung ist soso, die Figuren lala, was wir hihi finden. Unsere Diagnose: Sie sind frei von Begabung und werden Ihre Brötchen nie mit Schreiben verdienen, weshalb wir Ihnen einen Brotbackautomaten beilegen. Ebenso eine Adressliste sämtlicher Bäckereien in Ihrer Nähe. Wir gehen nämlich davon aus, dass Ihnen sogar das Talent zum Backen fehlt. Guten Appetit und Kopf hoch ...«

Man hörte förmlich das Kichern des Produzenten, mit dem er seine Unterschrift unter den Brief gesetzt hätte. Und dann hätte er mein Buch in den Giftschrank der ungenießbaren Drehbücher geschlossen, aus denen man sich bei Betriebsanlässen gegenseitig vorliest, zur Belustigung aller. Meines läge ganz unten, damit es erst um Mitternacht drankommt, als Partyknüller.

»Meine Geschichten modern und schimmeln auf ewig vor sich hin«, sage ich. »Genau wie ich«, sagt Fatma, »ich modere und schimmle auch vor mich hin. Du wirst bald entdeckt, aber mich entdeckt noch lange keiner.« – »Wieso redest du schon wieder von Männern?«, frage ich. »Haben wir sie nicht vergessen und verabschiedet, damals am See?« – »Ach, es ist wie mit albernen Diäten«, sagt Fatma, »und was kann ich dafür, wenn die Kerle mich ständig provozieren und ihr Brusthaar durch den Frühling spazieren tragen?«

Es klingelt. Vor der Tür steht der Pizzabote. »Er hat nur

eine Pizza dabei«, sage ich zu Fatma. »Ich habe auch nur eine bestellt«, sagt sie. »Du nimmst die Pizza. Ich nehme den Boten.«

Filmer unter sich

»Ist hier noch frei?«, fragt er und zeigt auf den Stuhl neben mir. »Ja, aber dort hinten ist noch viel freier«, sage ich. Er ignoriert es und setzt sich. Was ich an Ernst Fritschi nicht mag, ist, dass er immer im falschesten aller Momente auftaucht. »Na, wieder eine Absage kassiert?«, fragt er mit Blick auf die vier leeren und das eine volle Schnapsglas vor mir. Wieso werden hier die Sachen nicht rechtzeitig abgeräumt, denke ich, sage aber: »Fritschi, lass mich in Ruhe, ich habe keine Absage gekriegt. Ich kriege nie Absagen und wüsste auch nicht, wofür.«

Ernst Fritschi ist unter uns Filmern nicht nur der mit den schlechtesten Drehbüchern, er hat auch die hässlichsten Groupies. Das verleiht ihm den Status des Klassentrottels, mit dem man an schlechten Tagen spricht, um sich selber daran zu erinnern, dass es immer noch jemanden gibt, dem es beschissener geht als einem selbst. An guten Tagen gibt man sich mit ihm ab, um sich an der eigenen Großzügigkeit und Toleranz gegenüber sozial Schwachen zu laben.

»Mach dir nichts draus«, sagt er, »ich habe in meinem Leben dreihundertfünfzig Absagen bekommen. Kannst du dir die Zahl vorstellen: dreihundertfünfzig. Aufeinandergestapelt reichen die Drehbücher bis zum fünften Stock. Aneinandergereiht wären die Seiten sogar über elf Kilometer lang, die Flughöhe eines Langstreckenfliegers. Jaja, die Luft ist sehr dünn, da oben, bei den Erfolgreichen.«

Er denkt nach und plustert dabei die Backen auf. Früher glich er in der Pose Alfred Hitchcock. Aber um sich von dem verhassten Kommerzsklaven aus Hollywood abzugrenzen, trägt er jetzt Bart und Brille, womit er als Steven Spielbergs kleiner, etwas zerdrückter Bruder durchgehen könnte. »Fritschi, hör auf, wer will denn deine schlechten Drehbücher aufeinanderstapeln? Und wieso bis zum fünften Stock? Vielleicht um der alten Dame, die nie Besuch kriegt, freundlich durchs Fenster zuzuwinken?« – »Erfolg wird überbewertet. Was wir lernen müssen, ist das Scheitern«, sagt er und plustert wieder die Backen auf. »Und stell dir vor, wir alle wären erfolgreich und schön. Wer würde dann unsere Hausmauern bauen, unsere Eisenbahnschienen legen und unsere Klos putzen? Die Gesellschaft braucht die anderen. Leute wie dich.« – »Fritschi, bevor ich dir die Schienen sonst wohin lege, solltest du deinen Arsch aber verdammt schnell hier wegbewegen!« Er grinst. »Raus!«, sage ich. Er geht mit seinem Bier nach draußen in die ersten Frühlingsstrahlen, setzt seine Sonnenbrille auf und sieht nun vollends aus wie ein Hollywood-Regisseur, der von seinem Filmteam verlassen wurde. Und wie ich ihn so ansehe, denke ich: Was ich an Fritschi am meisten hasse, ist, dass er Dinge laut ausspricht, die man selber höchstens ganz leise zu denken wagt.

Einsteigen, bitte!

Der Bus will losfahren, als im letzten Moment eine dicke Frau mit einem belegten Brot in der Hand keuchend zusteigt: Fatma. »Was bist du in dieser Herrgottsfrühe schon unterwegs?«, ruft sie und kämpft sich durch den übervollen

Bus nach vorne. »Bewerbungsgespräch für einen Job«, sage ich, »und du?« – »Beerdigung. Mein alter Hausmeister ist gestorben. Herzversagen. Ich will ihm Adieu sagen.« – »Im Minirock?« – »Er ist immerhin schwarz. Und an so einer Beerdigung lungert bestimmt etwas Nettes herum, das man sich zur Brust nehmen kann.«

Die Männer im Bus versenken die Köpfe in den Zeitungen, um nicht der Auserwählte zu sein. »Warum vergeudest du deine Zeit und rennst dem Glück in Form von Männern hinterher?«, sage ich. »Warum ist das Glück immer schneller als ich?«, sagt Fatma, »an mir vergreift sich nicht einmal ein perverser Lüstling. Da las man doch neulich in der Zeitung von den Vergewaltigungen in dieser neuen Siedlung. Ich habe mich im Flatterkleidchen dort hingestellt und gewartet. Nächtelang. Am Ende beschimpft mich ein Hausmuttchen und sagt, ich soll ins Rotlichtviertel, und droht mit der Polizei. ›Ja, rufen Sie die Polizei‹, habe ich gesagt, ›aber schnell! Und die Feuerwehr auch gleich. Nicht dass ich's mit Uniformen hätte, aber wenn Sie mir die Kerle schon bestellen, dann nehme ich doch gleich fünf Stück. Gut verpackt, zum Mitnehmen und Zu-Hause-Verschlingen.‹« – »Kein Wunder, dass du dich vollstopfst und immer breiter wirst. Am Ende wirst du noch aussehen wie ein Stadtbus«, sage ich. »Nur schade, dass keiner einsteigt. Er dürfte sogar schwarzfahren«, sagt sie. Die Männer tun, als wären sie unsichtbar.

Fatma vertilgt das letzte Stück ihres Brotes und sagt: »Ich ende alt und verlassen wie mein Hausmeister. Das Letzte, was er sagte, war ›Burli‹.« – »Was heißt denn ›Burli‹ …?« – »Keine Ahnung. Vielleicht der Anfang von etwas. Aber weiter kam er nicht, da er tot umfiel. Erst dachte ich, er sei nur etwas müde, aber dann war er tot.« – »Es gibt kein Wort, das mit Burli anfängt. Vielleicht ein Ort. Burlingen. Oder der Name einer exotischen Schönheit, Burliana.« – »Ich nahm es persönlich. Der Mann nannte mich Burli, und sofort fühlte ich mich auch so. Und es fühlte sich nicht gut an. Eines Tages sage auch ich Burli, Horli, Mürli oder sonst was Unsinniges, und weg bin ich.«

Fatma macht sich ans Aussteigen, und die Männer im Bus atmen erleichtert aus. »Viel Glück mit dem Job«, ruft sie und steigt im zu engen Rock breitbeinig die Stufen hinab. »Viel Spaß auf der Beerdigung. Und übrigens, wenn du dich unbedingt an einem Mann vergreifen musst, nimm nicht den in der Kiste, der ist etwas zu unterkühlt für dein Temperament.«

Zombies in der Kantine

»Ich kann Stühle stapeln und Tische wischen«, sage ich euphorisch, »und zur Belustigung aller kann ich Teller durch die Luft füßeln wie Mini-Artistinnen im chinesischen Zirkus.« – »Danke, wir sind schon lustig genug«, sagt Herr Meisner und legt meine Bewerbungsmappe weg. Dann guckt er ernst wie Serienärzte, wenn sie die Diagnose »plötzlicher Filmtod« mitteilen müssen. »Sie träumen. ›Vom Tellerwerfer zum Millionär‹ gibt es im Kino, aber nicht in Betriebskantinen.« – »Das Träumen habe ich mir längst abgewöhnt. Und wenn es doch einmal vorkommt, dann träume ich von einer Nacktbesteigung des Mount Everest oder sonst etwas Absurdem. Ruhm, Millionen und Groupies sind schon lange kein Thema mehr.«

Wir schweigen, und ich muss an meine drei ausstehenden Mieten denken und an Ernst Fritschi.

Der hat mir das Ganze eingebrockt. »Sieh es einfach ein«, sagte er, »weder du noch ich werden je wieder einen Film machen. Wir sind gescheitert, aber mit Stil.« – »Halt's Maul, Fritschi! Du bist eine filmische Unterbelichtung, aber ich habe noch viele Geschichten zu erzählen.« – »Wenn du dich den Menschen unbedingt aufdrängen musst, kannst du karitativ tätig werden. Singen für Schwangere, Tanzen gegen Tumore. Und Aids ist immer angesagt.« – »Schieb dir deine witzigen Stabreime sonst wohin.«

Am Abend legte er mir einen anonymen Zettel in den Briefkasten mit der Adresse einer Arbeitsvermittlung. Und eine Tafel Schokolade, auf der ein Post-it klebte: »Für die Glückshormone«. Die habe ich sofort gegessen. Und dazu geweint.

Am Tag darauf rief ich bei der Vermittlung an und wurde in die Kantine geschickt. »Ich kann auch kochen und bin darauf gefasst, dass ein Viertel der Hungrigen Vegetarier sind, ein Viertel Zucchini-Allergiker, und dann sind da die elf unvermeidlichen Bulimikerinnen aus dem Controlling. Ich wäre nicht beleidigt, wenn die nach meinem Essen kotzten.«

Herr Meisner wippt mit den Füßen und guckt noch bemühter traurig, wie vor einer Grabrede für jemanden, den man nicht mochte. »Wenn Sie mich nicht nehmen, sprenge ich mich in die Luft«, sage ich, »oder ich renne Ihnen vors Auto, und dann haben Sie den Wurstsalat.« – »Na gut«, sagt er nach einer Weile, »drei Monate Probezeit. Keine Extras, keine Mätzchen.«

Der Sargdeckel des filmischen Vergessens schließt sich über mir. Lebendig begraben in einer Großküche. Mein Leben als Zombie kann beginnen.

Lieber Leser

Ich weiß nicht, ob Sie jetzt, da Sie mich etwas besser kennen, anders über mich urteilen. Vielleicht erscheine ich Ihnen bedrohlicher. Menschen mit gescheiterten Träumen sind tickende Zeitbomben, das wissen Sie so gut wie ich. Wir alle kennen jemanden – zumindest vom Hörensagen –, der viele Jahre sein Auto wusch und polierte und uns nett grüßte, bis er eines Samstags das Sturmgewehr aus dem Schrank holte und damit die Familie säuberte. Und alles nur, weil er gern geworden wäre, was ihm ein böser Stiefvater verwehrte. Dichter, Militärpilot, Lebemann. Sie kennen diese Berufe, die geeignet sind, versagt zu bleiben. Vielleicht gäbe es weniger Familienmorde, wenn man ungeliebten Söhnen den Beruf des Versicherungsagenten verböte. Oder des Friseurs.

Aber lassen Sie mich für alle Fälle und zu meiner Verteidigung anbringen, dass ich mit Waffen nicht umgehen kann. Ich habe Blockflöte gespielt, was bisher das Schrecklichste war, das ich meinen Mitmenschen angetan habe. Das Schreiben ausgenommen. Meine unverfilmten Drehbücher benutze ich inzwischen zusammengebündelt als Stehunterlage für die hohen Schrankfächer, immerhin. Ich bin nur eins fünfzig groß, müssen Sie wissen. Das liegt in der Familie. Das Talent fürs Versagen auch.

Mein Großvater wollte fürs Vaterland sterben, damals, als es noch Kriege gab. Er schulterte sein Gewehr und ging zum Dorfplatz. Er stand tagelang dort allein. Ein altes Männchen kam des Weges und sagte: »Mein Sohn, der Krieg ist nicht hier. Er fing am anderen Ende des Dorfes an, wo sie unsere besten Männer stapelweise an die Front verfrachteten. Geh heim und bleib bei deiner Frau.« So blieb mein

Großvater bei seiner Frau, zeugte sieben Söhne und wurde missliebig.

Fragen Sie ruhig, woher ich mir die Freiheit oder Frechheit nehme, zu behaupten, dass auch Sie schon große Träume begraben mussten, die an der Front gefallen sind, im Nahkampf gegen die Widrigkeiten des Alltags. Nehmen Sie es mir ruhig übel, dass ich Sie verdächtige, sich der übermächtigen Armee der Sicherheiten, der Auffangnetze und der offenen Hintertüren kampflos ergeben zu haben, anstatt heldenhaft Neuland zu erobern. Widerprechen Sie mir energisch, auch wenn Sie keine Belege für Ihre gelebten Träume haben. Ich werde Sie willentlich überhören, da ich diese Vorhaltungen und Bezichtigungen gegen Sie für mein eigenes Wohlbefinden brauche, das von Geburt an schimmelig war. Sie verleihen mir für kurze Zeit die Illusion, in einer Gemeinschaft der Verlierer aufgehoben zu sein. Eine Illusion, jaja. Denn im Gegensatz zu Ihrem hat mein Scheitern Geschichte, und wie griechische Säulen und römische Aussichtstürme wird dieses Scheitern Sie und mich überdauern als unbannbarer Familienfluch: Mein Großvater fand den Krieg nicht, ich finde nicht zum Film.

Baba

Das fünfte Glas geht zu Bruch. Es ist mein dritter Tag in der Kantine, und bis zum Ende der Probezeit werde ich mehr Geschirr zerschlagen haben als Anthony Quinn alias Alexis Sorbas. »Überqualifiziert, was?«, sagt eine viel zu laute Stimme neben mir. »Nein, Parkinson«, sage ich. Die Stimme gehört einer viel zu großen Frau, die einem Hochglanz-Modemagazin entsprungen sein könnte. »Baba«, stellt sie sich vor. »Komm, wir machen Mittagspause.«

»Die sagen, du machst Filme«, sagt sie beim Essen, »was denn für welche? Etwa Krimis? Ich liebe Krimis. Wie Columbo immer sagt: ›Ich habe da noch eine Frage.‹ Großartig.« – »Das ist eine Verwechslung. Ich habe mit Film nichts am Hut. Ich habe noch nicht einmal einen Hut.« – »Früher kamen gute Filme im Fernsehen. Jetzt kommt nur noch Familienquatsch. Als hätte ich das nicht selber zu Hause: Kinder, Mann, Haus, Hund, Frust, Flöhe.« Sie reicht mir den Brotkorb. »Den Männerkorb musst du dir selber reichen. Ich habe längst abgeschlossen mit diesen Dingen.«

Sie sei verheiratet, erzählt sie, »sogar glücklich«, habe fünf Kinder und arbeite hier, weil ihr zu Hause die Decke auf den Kopf falle. »Wenn du eine Rolle für eine hysterische Mutter hast: Ich wäre eine gute Schauspielerin. Mit Richard Gere als Partner. Der sieht immer noch gut aus. Das ist wegen dem Buddhismus.« Die geht mir auf die Nerven. Die soll ihren Modelarsch woandershin bewegen.

Baba sitzt mit gespitztem Mund vor ihrem Teller und starrt mich an. »Was ist? Fühlst du dich nicht gut?«, frage ich. »Ich wollte aussehen wie die Kleine in *Harry und Sally*, die mit den Kulleraugen und dem vielen Zahnfleisch.« – »Meg Ryan?« – »Also wie die den Orgasmus bringt in der Restaurantszene, das spiele ich besser. Willst du mal sehen?« – »Nein, bitte nicht hier. Nicht jetzt.« – »Gibt es das eigentlich? Dass man Teller stapelt, und schon wird man von Herrn Hollywood angebaggert?« – »Ja, das gibt's. Nur treibt sich Herr Hollywood nie in der Kantine rum, in der man selber gerade ist. Er ist immer woanders.« – »Schau mir in die Augen, Kleines: Dreh Filme, und mach uns berühmt, damit wir rauskommen aus diesem Mief.« – »Hör mir gut zu, Großes: Ich will niemanden retten, schon gar nicht durch Filme.«

Baba hört nicht zu, sondern sieht versonnen aus dem Fenster und sagt: »Weißt du was? Das ist der Beginn einer wunderbaren Freundschaft.«

Panflöten

Natürlich gönnen wir Julia ihre neue Liebe. Nach ihrer Trennung von Howard gehörte sie zu den Frauen, deren Selbstachtung zeitweise so gering ist, dass sie sich bei Laternenpfählen entschuldigen, wenn sie missgeschicklich dagegenlaufen. »Er ist schön und klug, und ich bin eine krummbeinige Dauernörglerin«, sagte sie, »am besten, ich krieche unter die Decke und halte die Luft an, bis ich sterbe.«

In Zeiten großer Verunsicherung neigen manche Frauen dazu, ihre Ansprüche ans Leben in den Keller zu tragen, neben den Kartoffeln zu deponieren und dort zu vergessen, bis sie eines Tages grüne Triebe bilden. »Auf, auf«, sagt sich dann die Frau, »was sitze ich hier und heule einem Deppen hinterher, wo da draußen Hundertschaften von Männern auf mich warten?« Julia bewaffnete sich mit Schmuck und Stiefeln und taute tiefgefrorene Reste von Selbstliebe auf, willens, sich ins Abenteuer zu stürzen. Doch keiner sah sie an. »Ich verströme den Versager-Geruch, oder es klebt ein Zettel auf meiner Stirn, auf dem steht: ›Diese Frau wurde von einem verlassen, der um Klassen hässlicher und dümmer ist als Sie. Wollen Sie sie trotzdem?‹« Die Männer wollten nicht und sahen weiter an ihr vorbei. In einem Anflug drohender Verzweiflung schwor Julia, den Ersten, der sie anspräche, sofort mit nach Hause zu nehmen.

»Die springt am Ende den Schalterbeamten der Bahn an, der sie aus Höflichkeit grüßen muss«, sagte Heidi. Ich tippte auf einen Drogendealer, der ebenfalls aus beruflichen Gründen schon mal zu freundlich sein kann. Doch es war der peruanische Panflötenspieler in der Bahnhofsunterführung. Kaum hatte er Luft geholt, um ein paar Takte über das wallende Haar der Passantin zu improvisieren, wurde er von der nach Hause geschleppt, wo er intimere Stellen besingen durfte. Julia dankte Herrn Kolumbus dafür, dass er damals jene Kontinente und Völker entdeckt und erobert hatte, die uns nun zurückentdecken und -erobern konnten. Ihr Selbstvertrauen wuchs schon in der ersten gemeinsamen Nacht, die freilich wegen besonderer Dringlichkeit auf den Tag vorverlegt worden war. Julio hatte ganze Arbeit geleistet.

»Aber wieso muss die sich gleich wieder in den Erstbesten verlieben?«, fragt Heidi später, als wir allein sind. »Fetisch«, sage ich, »einige lieben ihr Auto, andere ihren Hund, wieder andere das Kleid ihrer toten Mutter, das sie heimlich tragen. Julia liebt ihren Polierlappen fürs Ego.«

Verlierer

»Sag, dass das nicht wahr ist.« – »Es ist nicht wahr.« – »Du weißt gar nicht, was ich meine.« – »Es ist trotzdem nicht wahr.« Natürlich weiß ich, was Heidi meint, und sie weiß, dass ich es weiß. Und dass es wahr ist. »Okay, du überhebliches Ding«, sage ich, »ich arbeite jetzt in einer Betriebskantine. Was dagegen?«

Heidi gehört zu den Frauen, die das Wort »versagen« nicht kennen. Sie wusste schon mit neun, was sie wollte. Als unser Grundschullehrer die ganze Klasse in sein Haus einlud, wo er uns seine Verlobte vorstellte, schrieb Heidi ihm umgehend einen Brief: »Die ist zu hässlich für Sie. Rufen Sie mich in vier Jahren an. Dann bin ich dreizehn, sehe aber aus wie sechzehn. Und wenn ich achtzehn bin, verdiene ich auch mehr als Sie und kaufe Ihnen ein schöneres Haus.« Darauf musste sie zum Schulpsychologen, dem sie mit Blick auf sein Familienfoto auf dem Schreibtisch dasselbe sagte.

»Aber, um das mal klarzustellen«, sage ich, »ich arbeite dort nur zu Recherchezwecken für meinen Film. Es geht um einen internationalen Salmonellenskandal im Kantinenmilieu, in den höchste Politikerkreise involviert sind. Alle schmuggeln sich gegenseitig verkeimten Eidotter in die Vanillecreme, bis nur noch der Oberbösewicht und der Good Guy übrig bleiben und sich durch die Großküche jagen. Der Böse hat sich den Magen einer Boa constrictor implantieren lassen und kann schadlos alles verschlingen: tonnenweise Salmonellen, verdorbenes Fleisch, das Kind des Good Guy und den Kühlschrank, woraufhin er so viereckig aussieht wie Roberto Blanco.« – »Verstehe. Du recherchierst. Wie Ernst Fritschi, der zu Recherchezwecken Pornos guckt?« – »Tut er das?« – »Ja, er will die unmenschlichen Arbeitsbedingungen der Ostmädchen anprangern und guckt sich deshalb deren unmenschliche Arbeitsbedingungen immer wieder an.« – »Das ist ein blöder Vergleich.« – »Es ist auch eine blöde Situation, schätze ich.« – »Spar dir dein Mitleid. Aber wenn es dich zufriedenstellt: Ja, ich bin gescheitert. Zuerst wollte ich es ganz heimlich und inkognito sein und dachte schon daran, jeden Morgen den Aktenkoffer im Park Gassi zu führen und herumzulungern, bis der Abend naht. Dummerweise besaß ich noch nie einen Aktenkoffer, weshalb es Argwohn erweckt hätte. Jedenfalls wollte ich mein filmisches Elend nicht an die große Glocke hängen, zumal ich auch keine Glocke besitze.«

»Mach Kinder«, sagt Heidi, »wer nichts kann, kann immer noch Kinder kriegen. Wie Minchen Trautz.« Minchen Trautz war die begabteste Drehbuchautorin unserer Generation. Bis man herausfand, dass ihre Bücher nichts anderes waren als Adaptionen tschechischer Kinderfilme, die hier keiner kannte.

»Gut geklaut ist doch halb geschrieben«, sagte sie bei der Gerichtsverhandlung. Die Filme wurden eingestampft, Minchen stürzte ab und heiratete ihren Entzugstherapeuten. Danach gebar sie Kind um Kind, züchtete sich sozusagen ihr eigenes Publikum heran, für die Kinderfilme, die sie später noch machen wollte. »Ich werde meine Töchter zu Schönheiten drillen, sie mit Diätmargarine füttern und mich mit fetten Hoffnungen, so lange, bis eine von ihnen von einer Plakatwand lächelt«, sage ich. »Apropos Kinder«, sagt Heidi, »auf der Filmpremiere heute Abend treibt sich bestimmt eine Menge blutjunger Kerle rum. Wir könnten ihre Lebens- und Liegegewohnheiten recherchieren.«

Der Schulpsychologe rief Heidi übrigens Jahre später tatsächlich an, um sie zu treffen. Sie sagte nur: »Das war ein Test. Du bist durchgefallen. Männer, die Telefonnummern jahrelang horten, entwickeln sich nicht weiter.«

Das therapeutische Du

Vermutlich wirkt sich unfreiwillige sexuelle Abstinenz unvorteilhaft auf das Logikzentrum aus, jedenfalls hatte Fatma nach all den Jahren, in denen sie ihr Bett mit Milben und dem geträumten Burt Reynolds teilte, auf einmal den dringenden Wunsch, sich in eine Sexualtherapie zu begeben. »Was suchst du in einer Sexualtherapie, wenn du keinen Sex hast?«, frage ich. »Spatzenhirn«, sagt Fatma, »wenn ich welchen hätte, würde ich das Geld doch nicht in eine Therapie stecken, sondern in eine neue Matratze.«

Der Fachmann war ein grauer Mann mit Brille und scharfem Blick. »Ei, was für ein Therapeutchen! Der versprüht die Kompetenz aus allen Poren! Der verjagt mir die Milben im Rudel«, dachte Fatma. Der Therapeut schlug vor, dass sie sich duzten, »das therapeutische Du«, wie er erklärte. Fatma schob ihren Rock etwas höher, »therapeutische Garderobe«, sagte sie und sah sich nach einer Couch um. »Bei mir darf man bequem sitzen«, erklärte er. »Sitzen? Bin ich hier zum Kaffeetrinken?«, sagte Fatma und streckte sich auf dem Fußboden aus, wohl wissend, dass so ihre Schenkel besser zur Geltung kamen. Sie wartete. Er wartete. Nach einer Weile hob Fatma den Kopf: »Na los, sagen Sie schon.« – »Was soll ich sagen?« – »Was stimmt mit den Männern nicht?« – »Wie bitte?« – »Na, die Männer. Wieso gehen die an mir vorbei, als wäre ich eine lottrige Parkbank?« Vorsichtig versuchte der Kompetenzsprüher ihr klarzumachen, dass sie die Gründe für ihre Partnerlosigkeit bei sich zu suchen habe. »So ein Blödsinn!«, sagte Fatma. »Was kann ich dafür, wenn ihr untenrum am Absterben seid? Am Ende muss ich wieder handgreiflich werden.«

Es wäre nicht das erste Mal. Vor nicht allzu langer Zeit verging sich Fatma im Bus an einem jungen Männerhintern. Nur mit Mühe konnte ich sie damals vor einer Anzeige wegen sexueller Nötigung bewahren.

»Bist du dir über den Sinn einer Therapie im Klaren?«, fragte der Therapeut die sich noch immer auf dem Boden räkelnde Fatma etwas verunsichert. »Ich schon, aber du nicht«, sagte Fatma, »oder willst du mir erzählen, dass es normal ist, wenn hier eine Frau im Minirock liegt, und du starrst die ganze Zeit an mir vorbei aus dem Fenster? Was hast du eigentlich studiert? Fensterbau?«

»Und dann?«, frage ich, Schlimmes ahnend. »Dann war die Stunde rum, die teuerste Stunde meines Lebens, und wir verabredeten uns für nächste Woche.« – »Wieso gehst du wieder hin, wenn's nichts hilft?«, frage ich. »Und ob es hilft«, sagt Fatma. »Er braucht nur etwas Zeit. Noch fünf Treffen, und das Therapeutchen kauft sich von meinem Geld eine schöne Couch, auf die wir uns dann gemeinsam legen.«

Mann im Anzug

Bisher besaß Riccardo einen guten Anzug. Den zog er zum Beispiel an, wenn er beauftragt war, einen unliebsamen Verehrer aus meiner Wohnung zu verscheuchen. Ich stellte ihn als »Onkel Zülfü aus der Heimat« vor, der gekommen sei, »im Auftrag der Verwandtschaft ein wachsames Auge auf mein europäisch verdorbenes Leben zu werfen«. Riccardo nuschelte etwas, das für ihn wie Türkisch und für mich wie sein übliches Bauarbeiterdeutsch klang, drückte den Verehrer an die Brust, dass die Rippen ächzten, ohrfeigte ihn liebevoll und sagte: »Willkomme in groß Famiie, mein Sohn. Du wie viele Millione verdiene in Monat?« Dann zählte er die Namen der elf Neffen auf, die er sich von meinem Zukünftigen erhoffte, und trug ihm auf: »Du musse Muslim werde. Esse ab sofort keine Schinken, mache unten Beschneidigung und keine Gürgür bevore heirate.« – »Gürgür?« – »Er meint Sex«, übersetzte ich Riccardos Türkisch in Normalsprache. Spätestens dann ging der Verehrer Zigaretten holen.

Nun besitzt Riccardo einen zweiten Anzug. Einen weißen, glänzenden, in dem er wie die Verkörperung des gealterten Gigolos aus Ernst Fritschis letztem unverfilmten Werk wirkt. Wir sitzen in einem Café am See mit geblümten Sesseln. Denn Riccardo will Frauen kennenlernen. Nicht um sie kennenzulernen, sondern um Annerösli zu beweisen, dass er Frauen kennenlernen könnte, wenn er wollte. »Sei froh, dass du mich hast«, habe Annerösli neulich gesagt, »welche andere würde ein Leben auf dem Sofa vor dem Fernseher aushalten?« Darauf habe er sich gerade hingesetzt und entgegnet, eine andere würde es sehr wohl mit ihm aushalten. Eine andere fände Fernsehen sehr schön. Ja, eine andere hätte richtig Spaß mit ihm. Er sei nämlich ein Lustiger. Da habe Annerösli gelacht und gemeint: »Riccardo, welche Frau will einen lustigen Mann?« Da ging Riccardo los und kaufte einen teuren Anzug. »Ei, was bist du für ein Feiner«, habe Annerösli mit leuchtenden Augen und heller Stimme gerufen, »dieser Stoff macht dich fast schlank.« – »Meini Stoff isch meini privat!«, habe er gesagt und beschlossen, seinen Anzug fremden Frauen vorzuführen. Ja, er erwäge gar, einen weiteren zu kaufen, um den Damen Abwechslung zu bieten.

»Genau wie Ernst Fritschis Gigolo«, sage ich, »der erlebt dank Anzügen und Charme einen zweiten Frühling an der Seite wohlhabender Damen.« Das gefällt Riccardo, der nicht irgendeine Frau kennenlernen will, sondern eine »mit schöne Fingernägeli, wo schön sitze und spreche«.

»Verzeihung«, sagen auf einmal die rosa lackierten Fingernägel neben uns, »kennen wir uns nicht?« Während Riccardo noch überlegt, schlägt die Frau vor: »Vom letztjährigen Polo vielleicht?« – »Nein«, sage ich, »mein Onkel Zülfü spiel kein Polo, und er ist das erste Mal zu Besuch hier. Außerdem ist er Muslim und isst kein Schweinefleisch.« – »Ich mag fremde Kulturen«, sagt die Frau und lächelt Riccardo an. »Wenn Sie ihn länger als drei Sekunden ansehen, müssen Sie zum Islam konvertieren«, sage ich, »mitsamt Frauenbeschneidung, die ich gleich hier an Ort und Stelle mit dem Kuchenmesser vornehmen könnte, und bitte unterlassen Sie nur schon den Gedanken an Rümrüm bis nach der Ehe.« – »Was bitte ist Rümrüm?« – »Das ist Gürgür mit umgekehrten Positionen.«

B wie Ben

Tagelang starrte Julia ihr Handy an, aber der peruanische Unterführungsmusikant, der sie nach ihrer Trennung und der darauffolgenden Phase der Minderwertigkeitsgefühle wieder schöngebumst hatte, meldete sich nicht mehr. Zunächst trösteten wir sie mit vermuteten Grippeattacken, Geschäftsreisen in fremde Unterführungen und der Erinnerung an das unterschiedliche Zeitgefühl von Männern und Frauen. »Eine Männerwoche macht drei Frauenjahre«, sagte Heidi, »das ist bei Peruanern nicht anders. Sie merken nicht, dass wir vor dem Telefon verhungern.« Doch unser guter Freund Tom sah es anders: »Dieser Julio ist nicht verliebt. Jedenfalls nicht in dich. Ein verliebter Mann ruft an.« Das war das Todesurteil für die Liebe, die zwei Stunden und fünf Stellungen gedauert hatte.

»Es liegt an mir. Ich vertreibe alle Männer. Er hat bestimmt eine Neue«, heulte Julia und aß nichts mehr. Immerhin ließ sie sich nicht zur Strafe den Kopf scheren, denn einen letzten Rest Würde wollte sie wahren. Sie würde auch nicht nachts vor seiner Wohnung patrouillieren, um zu sehen, wie die Neue sich vor dem Fenster räkelte. Die hätte bestimmt eine atemberaubende Figur und ein exzentrisches Lachen, das man bis draußen hörte. Das wollte sich Julia nicht antun, zudem wusste sie nicht, wo er wohnte.

Nach fünf Tagen – sie erholte sich allmählich von der Trennung – ging Julia ihr Adressbüchlein durch. Die Wahl fiel auf einen B wie Ben, der seit Jahren erfolglos versuchte, sie ins Bett zu kriegen. Jetzt war es Zeit dafür. Es war eine gute Nacht, obschon Julia ein wenig schummeln musste, denn Ben bemühte sich sehr, und sie wollte ihn nicht enttäuschen. Aber sie war zufrieden. Vor allem mit sich selber, weil sie es geschafft hatte, den anderen zu vergessen, wie hieß er noch? »Dieser Ben ist mein Sprungbrett in ein neues Leben«, sagte sie, »ich will tausend wilde Nächte haben und durchfeiern.« Sie feierte, telefonierte sich durch die Buchstaben C bis F und aß wenigstens wieder Salat.

Gerade als sie bei G und Fischhäppchen angelangt war, klingelte ihr Handy: »Hallo. Ich bin's.« – »Wer ich?« – »Julio. Es ist erst eine Woche her, ich weiß, aber ich muss dich sofort wiedersehen.« Julia verstummte. »Noch da?«, fragte er. »Ja, natürlich«, sagte sie, und: »Was für ein Zufall: Auch ich habe gerade an dich gedacht.«

E.T. und die Geschlechtsfrage

»Das Telefon ist der größte Feind unserer Emanzipation«, sagte Heidi während der Warterei auf den Anruf vom Unterführungszwerg. »Es macht unsere Freiheit zunichte, ganz zu schweigen von unserer Gesundheit. In Erwartung eines

Männeranrufs sitzen wir nämlich tagelang vor dem Gerät und starren es an. Wir meiden Kino, Theater und andere Orte mit Handyverbot und erst recht den Zahnarzt, weil *er* genau dann anriefe und wir anstelle von laszivem Gegurre nur seniles Röcheln von uns geben würden.«

»Das ist der Beweis, dass E.T. eine Frau ist«, sage ich, »ihr erinnert euch doch an die Szene im Film, als er den schrumpeligen Finger hebt und sagt: ›E.T. nach Hause telefonieren.‹ Seht ihr! Welcher Mann würde mitten in einem Abenteuer zu Hause anrufen?«

»Irrtum, E.T. ist ein *Mann*«, sagt Heidi, »die Frau sitzt auf dem anderen Planeten und wartet seit Lichtjahren auf seinen Anruf, während er sich auf der Erde vergnügt. Sie hingegen tut das, was alle Frauen tun: Anstatt auszugehen, fremde Länder oder zumindest fremde Männer zu erobern, sitzt sie vor dem Gerät und übt sich in Ungeduld und Selbstvorwürfen und stellt die Frage aller Fragen: Was habe ich falsch gemacht? Habe ich ihn vertrieben mit meiner Alien-Intelligenz? Mag er das Grün meines Körpers nicht, oder findet er meine Antennen auf dem Kopf zu kurz? Bestimmt hat er auf einem anderen Planeten eine mit lustigeren Farben und längeren Antennen gefunden. Je länger sie wartet, umso kleiner, fader und dümmer redet sie sich und umso schöner und klüger ihn.«

»Vielleicht ist das Ganze evolutionsbiologisch verankert«, sage ich, und meine Gedanken schweifen ab. Möglich, dass bereits vor drei Millionen Jahren ein haariger Guru seine Jünger um sich scharte und sagte oder rülpste: »Männer, tapfere Krieger! Die Weiber haben Böses mit uns vor. Werdet nicht schwach, wenn sie euch kokette Rauchzeichen zukommen lassen. Es ist eine Falle. Wir glauben, wo Rauch ist, ist ein Feuer, ist ein Braten. So weit, so gut. Aber sie wollen aus uns Mammutreitern Stubenhocker machen, die sich die Höhlenarbeiten mit ihnen teilen. Wenn ihr unbedingt zurückrauchen müsst, wartet drei Wochen und sendet ganz kleine Antworten gen Himmel. Am besten nur ›ja‹ oder ›nein‹, keine geflügelten Wolken, keine Ornamente.«

Seither schweigen die Telefone, und wir bekommen schlechte Zähne. Und wenn E.T. sich endlich dazu bequemt, nach Lichtjahren »nach Hause zu telefonieren« und sich mit seiner Herzdame zum längst fälligen Dinner zu treffen, wird die ihn erschrocken ansehen und denken: »Meine Güte, was habe ich mir die ganze Zeit einen kleinen, faltigen Wicht schöngeredet!«

Bigger than Life

»Die gute Nachricht zuerst«, sagt der Unbekannte vor meiner Tür: »Dein Drehbuch ist gekauft. Die schlechte: Wir müssen es umschreiben. Die Produktion hat mich engagiert und dir zur Seite gestellt.« – »Als was?« – »Als Bettwärmer. Du frierest so schnell, hat man mir gesagt. War nur ein Witz. Ich bin dein Co-Autor.« – »Wie bitte?« – »Dein Co-Autor, Mitschreiber, Buddy, Gefährte im Geist.« – »Danke, aber ich brauche keinen Co-Autor, weder fürs Buch noch fürs Leben. Ich habe noch nie einen gebraucht. Ich mache alles allein. Ich kriege meine Absagen allein, und ich ertränke meinen Kummer in meinem billigen Rotwein. Allein!« – »Natürlich, wir können alles allein. Aber ich bin der männliche Aspekt in der Geschichte. Ich kann übrigens auch Kaffee kochen und Kekse backen. Hier, frisch aus dem Ofen.« – Die kannst du dir mitsamt dem Ofen sonst wohin schieben, denke ich, sage aber: »Danke, Süßigkeiten machen mich fröhlicher, als ich und meine Umwelt es ertragen.« – »Elvis.« – »Elvis?« – »Eigentlich Rudolph von Meierhoff, aber ich schreibe unter dem Namen Elvis. Darf ich reinkommen?« – »Nein.« Er steht schon drin und hält mir seine Tüte mit Keksen hin. Vielleicht hätte ich ihn unter anderen Umständen sogar als hübsch bezeichnet, aber ein freilaufender männlicher Aspekt, der ins Haus kommt, um in deinen Geschichten zu wühlen, hat nicht das Recht, über ein vorteilhaftes Äußeres zu verfügen. »Wir werden die Story natürlich nicht komplett umschreiben, sondern sie nur etwas leichter machen«, sagt er, »die Produktion will ein Feelgood-Movie.« – »Ich feel mich aber nicht good. Wieso soll mein Film es tun?« – »Nicht so pessimistisch. Der Anfang deiner Geschichte ist okay. Danach hängt sie etwas durch.« – »Das Leben hängt ja auch etwas durch.«

Mir ist längst klar, dass er die Bedingung für dieses Projekt ist. Ich soll die Geschichte mit ihm schreiben oder gar nicht. Er lächelt das überlegene Lächeln des Retters. »Die Hauptfiguren müssen optimiert werden. Alle außer einer, die bereits perfekt ist«, sagt er und mustert mich von Kopf bis Fuß. »Könntest du bitte deine eigene Figur optimieren?« – »Komm, überwinde dich! Wir schreiben zusammen eine wundervolle Geschichte. Das wird ein großer Film mit großen Gefühlen, *bigger than life*!« – »Ich kann das nicht, so zu zweit.« – »Okay, du entscheidest. Wenn du nicht willst, gehe ich und bin für dich so tot wie Elvis.«

In einem schlechten Film erklänge jetzt ganz leise die schwülstige Musik, die erahnen ließe, dass die Protagonistin etwas anderes fühlt, als sie sagt, es aber selber noch nicht wahrhaben will. »Ich melde mich«, sage ich. Er geht. In sehr schlechten Filmen bliebe er noch lange hinter der geschlossenen Tür stehen. Ich reiße sie auf. Er ist weg. Wahrschein-

lich frische Kekse backen gegangen. An der Tür hängt ein
Zettel: »Elvis lebt! Ja/nein, bitte ankreuzen und: Return to
Sender«.

Alpträume

»Fatma, du dumme Gans. Hast du an einen Mann gedacht,
damals, als wir Jimmi, dieses Unterhosenmodel, im See ver-
senkt haben?« – »Was ist los?« – »Hast du an Elvis gedacht?« –
»Nein, an Burt Reynolds.« – »Wieso denn das?« – »Ich
denke immer an Burt Reynolds, das weißt du doch. Neulich sogar auf der Beerdigung unseres alten Hausmeisters.
Als ich all die Pärchen und Familien auf dem Friedhof
herumstehen und zusammen trauern sah, da habe ich so
laut an Burt Reynolds gedacht, dass es der Typ neben mir
gehört haben muss. Jedenfalls schob er mir seine Visiten-
karte in die Hand. Es war ein unförmiger Kerl mit Kraus-
haar und Schnurrbart. Ich sagte leise zu ihm: ›Entschuldigung, aber ich meinte einen großen, starken Amerikaner
mit einem prächtigen Schnauzer. Sie sind ein struppiger
Oberlippenbesen mit einem Mann dahinter.‹ Dem Akzent
nach war er Spanier.« – »Aha. Und was hat der spanische
Besen gesagt?« – »Dass er sich mit mir, Señorita, ein Grab
teilen wolle. Ich habe gesagt, dass er in dem Fall oben liegen
müsse, weil er neben Señorita kaum Platz hätte. Da hat er
nur noch obszön geschnalzt. Akzentfrei.« – »Wieso hast du
ihm keine geklebt?« – »Weil das seine Frau übernommen
hat. Die hat sich genähert und mitgehört und ihm eine geklebt. Und was ist jetzt mit diesem Elvis?« – »Was soll schon
sein? Er steht auf einmal in meiner Tür und will mein Drehbuch verbessern.« – »Er soll lieber dein Leben verbessern.

Übt doch zusammen seinen Hüftschwung.« – »Spinnst du? Ich werde ihn zum Teufel schicken. Bist du ganz sicher, dass du nicht an Elvis gedacht hast, damals am See?« – »Na ja, vielleicht ganz kurz, weil ich vorher im Café etwas über seine Witwe gelesen hatte.« – »Fatma! Du hast ihn herbeigewünscht, und du bist schuld, wenn er sich nicht verjagen lässt.« – »Ich bin gerne schuld an so was. Aber vielleicht solltest du wissen, dass ich auch an Gandhi gedacht habe.« – »Wieso denn an Gandhi?« – »Weil mir meine weißen Bettlaken einfielen, die ich in der Waschküche vergessen hatte.«

Am Abend lege ich mich ins Bett und versuche, alles zu vergessen. Im Traum sehe ich aber, wie Fatma und Gandhi versuchen, mein Drehbuch zu verbessern, und dazwischen Hüftschwünge üben. Am Ende machen sie aus meinem Film eines dieser albernen Musicals, in denen man sich prügelt und gleichzeitig besingt. Elvis rockt dazu. Burt Reynolds ist Fatmas neuer Hausmeister und schwingt mit ihr einen struppigen Reisigbesen. Und irgendwo dazwischen stehe ich, in Jimmis Unterwäsche, und muss in zwanzig Minuten den Flieger nach Bombay erwischen.

Lieber Leser

Sie kennen das bestimmt auch. Auf einmal und ohne Vorwarnung läuft alles gut. Das Schicksal wartet mit Jauchzern und Hüpfern auf, bis man sich fragt, ob man überhaupt gemeint sei oder ob das Schicksal vielleicht ein wenig schielt wie Herr Ümit, der aufgrund seiner Hilfsbereitschaft in behördlichen Angelegenheiten bei allen im Viertel hoch angesehen war, weshalb er sich herausnehmen konnte, den jungen Mädchen auf der Straße in ungebührlicher Weise hinterherzusehen, mit den Jahren aber immer stärker in Verdacht geriet, schwul zu sein. Als seine Augen nämlich zu schielen begannen, galten seine Blicke auf einmal nicht mehr den schönen Elfen, wie er sie nannte, sondern deren Brüdern, die neben ihnen hergingen.

»Wir wissen um Ihren Zustand, Ümit Efendi«, sagten die Männer, die eines Abends in der Angelegenheit gekommen waren, »und um Ihnen die Schmach der öffentlichen Verkündung zu ersparen, haben wir bereits einen Arzt sowie einen Imam verständigt, beides fähige Männer, die Ihnen diesen Teufel austreiben werden. Sie haben uns oft geholfen, seien Sie sich nun unserer Hilfe in diesen schweren Zeiten gewiss.« Herr Ümit hatte keine Ahnung, welcher Teufel von ihm Besitz ergriffen hatte, aber er ließ die Helfer gewähren. Als sich sein Zustand auch nach dreimaliger Austreibung mit Koransuren, geweihtem Wasser und Vitaminspritzen nicht verbesserte – der Arzt hatte als Ursache der gleichgeschlechtlichen Attraktion einen beunruhigenden Vitaminmangel ausgemacht – und er sich auf der Straße immer lüsterner nach jungen Männern umdrehte, blieb keine andere Möglichkeit, als diese aus dem Verkehr zu ziehen. »Ihr dürft den ehrbaren Ümit Efendi nicht länger in Versuchung bringen«, sagte man ihnen und reichte ihnen üppige Schleier, »tragt diese, bis eine bessere Lösung naht.« Natürlich ließen die Burschen sich das nicht gefallen. »Unsere Schwestern laufen in Miniröcken herum, und wir sollen Schleier tragen?«, schimpften sie. »In Miniröcken sähet ihr noch alberner aus mit euren krummen Beinen«, sagte Tante Hülya, die übrigens keinen Moment an Herrn Ümits Männerlust glaubte: »Der hat seine Augen so oft nach fremden Weibern gedreht, dass sich die Augen zur Strafe gekreuzt haben. Jetzt sieht er auf ewig alles doppelt und dreifach, auch seine eigene Frau.« Herrn Ümits Sehproblem kam Jahre später eher zufällig heraus, und er bekam endlich eine Brille verpasst. Danach kehrte wieder Ruhe in den Ort ein.

So schaut uns also auch unser Schicksal zuweilen lüstern an und schnalzt dabei und murmelt verruchte Dinge. Und bevor wir oder ein anderer merken, dass gar nicht wir gemeint sind, sollten wir das Schicksal beim Wort nehmen und seine Avancen erwiedern. Die Korrekturbrille kommt früh genug.

Elvis lebt

»Also gut, Elvis, wir schreiben diese verdammte Story zusammen! Trotz aller Meinungsverschiedenheiten sind wir, du und ich, Co-Autoren.« – »Sehr gut«, sagt er, »du der weibliche, ich der männliche Teil. Perfekt für eine Liebesgeschichte.« Er mustert mich von Kopf bis Fuß und bleibt irgendwo in der Mitte hängen, wo es ihm offenbar gefällt. »Und damit das gleich klar ist«, sage ich, »Arbeit ist Arbeit, und Bett ist Bett, keine Vermischungen!« – »Wie du meinst«, sagt er und tischt frisch gebackene Kekse auf. »Unsere Freunde bieten genug Anschauungsmaterial«, sage ich, »da treiben sich die seltsamsten Paare und Einzelteile rum, von antik bis schrottreif. Fatma zum Beispiel …« Eine nackte, kleine Frau kommt aus dem Bad und geht an uns vorbei ins Zimmer. Irritiert fahre ich fort: »Also Fatma wünscht sich so sehr einen Mann, dass …« Die Frau geht den umgekehrten Weg zurück ins Bad. »Elvis, es geht eine nackte Frau durch deine Wohnung.« – »Beachte sie einfach nicht.« Ich erzähle weiter von Riccardo und Annerösli, und gerade als ich bei Tom angelangt bin, steht die Frau wieder da, jetzt angezogen. »Entschuldige mich einen Moment«, sagt Elvis, begleitet die Frau zur Tür und steckt ihr dort einen Geldschein zu. Dann kommt er zurück: »Du warst gerade bei Tom, dem gutaussehenden Betthüpfer?« – »Elvis, hast du die Frau eben für ihre Dienste bezahlt?« – »Natürlich.« – »Huch.« – »Das war Carla, meine Putzfrau.« – »Ich will mir nicht vorstellen, was genau sie putzt.« – »Sie putzt, und ab und zu schlafen wir miteinander.« – »Spinnst du?« – »Wieso?« – »Meine Güte, Elvis! Wo wir doch eben gesagt haben, dass man Arbeit und Bett trennen muss!« – »Du hast das gesagt. Ich käme nie auf so eine verworrene Idee.« – »Verworren? Du findest meine Ansicht also verworren?« – »Ihr Frauen habt Regeln, die ich nie begreife: Nie Sex beim ersten Date. *Er* muss zuerst anrufen. Arbeit und Bett sind zu trennen.« – »Was bitte ist daran verworren?« – »Dass ihr euch selber nicht daran haltet. Weißt du, mit wie vielen Frauen ich geschlafen habe, mit denen ich arbeitete? Und sie haben mich immer zuerst angerufen, obwohl ihre goldene Regel das Gegenteil verlangte, genau wie bei dir.« – »Soso, du hältst dich also für so unwiderstehlich, dass sich jede sofort auf den Rücken legt?« – »Und wenn? Was ist dabei? Ihr Frauen habt die Freiheiten des dritten Jahrtausends und die Moral des Mittelalters!« – »Und ihr zelebriert das Bild der eigenständigen, ebenbürtigen Frau, und am Ende schlaft ihr mit euren Putzhilfen! Im Innersten wollt ihr immer noch Hausfrauen!« – »Ich backe meine Kekse immer noch selbst!« Wir stehen uns gegenüber wie zwei sich duellierende Cowboys vor dem finalen Schuss. Dann sagt Elvis: »Weißt du, was? Wir hatten soeben einen ziemlich guten Beziehungsstreit, und das ganz ohne Beziehung. Hast du die Kekse mit Mohn schon probiert?«

Nestbau

»Schau mich mal an«, sagt Heidi, »sehe ich frustriert aus?« – »Nein.« – »Hässlich?« – »Etwas müde vielleicht.« – »Wie viele gute Jahre gibst du mir noch?« Normalerweise dauern Selbsthass und Selbsterniedrigung bei Heidi nur so lange, bis irgendein junger Mann sie auf andere Gedanken und in lustigere Lagen bringt. Aber heute können sie nicht einmal die Blicke des Kellners, den wir in Anlehnung an den wilden Schlagzeuger der *Muppet Show* »the Animal« nennen, aufmuntern. Ihre Verwandlung von der Verführerin zum potenziellen Ladenhüter geschah gestern während einer Sitzung mit anderen Filmverleihern in einer fremden Stadt. Nach dem offiziellen Teil und vor dem Bordellgang der Männer wurde man privater und fragte Heidi, warum sie keinen Mann habe. Sie sagte: »Weil ich keinen will. Monogam kann ich immer noch werden, wenn ich alt und schrumpelig bin.« – »Alle Frauen wollen einen Mann«, sagte einer, der aussah wie ein Rollmops, »das ist ihre Natur. Frauen bauen Nester, Männer streuen Samen. Das ist so bei Mensch, Affe, Maus und Molch.«

»Wie kommen diese Idioten auf so was?«, fragt sie nun, während the Animal sie im Vorbeigehen schon lustvoll anschnaubt, wie mir scheint. »Keine Ahnung«, sage ich, »aber Elvis, dieser Schwachkopf von meinem Co-Autor, ist derselben Meinung.« Gestern während der Buchbesprechung sagte Elvis: »Zähl mal in deinem Bekanntenkreis nach, wie viele Frauen du kennst, die nicht enttäuscht sind, wenn er nach der ersten gemeinsamen Nacht die Fliege macht.« Ich führte Heidi als Gegenbeispiel an, die eher enttäuscht ist, wenn der Mann beim Aufwachen noch da ist. Inzwischen haben andere Männer und Rollmöpse es offenbar geschafft, sie zu verunsichern. Ein rotgesichtiger Filmverleiher, erzählt sie, habe gesagt: »Es ist auffallend, wie viele attraktive Frauen keinen Partner finden. Das liegt an ihren übertriebenen Ansprüchen.« Offenbar sah er sich selber als weniger unerreichbare Alternative an, da er während der Sitzung versucht hatte, mit Heidi zu füßeln. Die versuchte, die Debatte mit Heiterkeit zu beenden: »Einsam bin ich nicht. Ich bin die alleinerziehende Mama vieler kleiner Söhne, die ich mir gerne zur Brust nehme. Schade, dass ich nur zwei habe, Brüste meine ich.«

Der Füßler sah den Rollmops an, und der sagte: »Jaja, die Emanzipation. Irgendwann ist es zu spät für die Umkehr, und dann enden sie als frustrierte Ladenhüter, die keiner mehr anschauen mag.« Heidi merkte, wie sie ungehalten wurde. Sie stand auf und sagte: »Meine Herren. Sie haben mich überzeugt. Während Sie sich zwecks Samenstreu ins nächste Bordell begeben, werde ich jetzt häuslich und ziehe mich ins Hotelzimmer zurück. Schicken Sie bitte in zehn Minuten den geilen Molch von Kellner hoch. Bis dahin habe ich ein Nest gebaut, und dem gemeinsamen Ablaichen stünde nichts mehr im Weg.«

Die schweinische Ehefrau

»Wissenschaftler haben herausgefunden, dass Männer alle fünf Sekunden an Sex denken, Frauen nur einmal am Tag oder so«, sagt Baba hinter der Kantinentheke, »das ist totaler Schmarren! Ich denke so oft an Sex, dass kein Platz mehr bleibt für Sekunden dazwischen.« Ich habe gerade kein Ohr für Baba, weil ich mich frage, wie viele Salmonellen sich im Hühnerragout befinden, das ich dem stets lächelnden Personalchef und seinem Gefolge gleich auf die Teller schöpfen werde. »Der da, der Herr Meisner, ist mein heimlicher Fetisch«, raunt Baba, »wenn er hier durchspaziert, denke ich lauter schlimme Sachen.« – »Ist Herr Meisner nicht ein bisschen zu freundlich, um fetischisiert zu werden?« – »Eben, der ist so ausgesucht höflich, dass ich ihm alle Schweinereien zutraue. Tagsüber versteht er die Frauen, und nachts schraubt er sie an seinem Bett fest.« – »Schäm dich.« – »Wenn ich einen Mann sehe, stelle ich ihn mir sofort nackt vor und versuche seine Vorlieben zu erahnen.« – »Schäm dich noch mehr!« – »Du etwa nicht?« – »Mich interessieren Männer weder nackt noch angezogen. Für mich sind sie wie Bäume oder Hydranten. Sie sind einfach da.« – »Es gibt nur dominante oder unterwürfige Männer. Und im Bett sind sie das Gegenteil von dem, was sie am Tag scheinen.«

Herr Meisner begrüßt einige Kollegen aus der Lohnbuchhaltung und lässt einer Dame den Vortritt. »Schlägt er?«, frage ich. »Nein, aber er droht es an. Und er beißt.« – »Solltest du nicht an deinen Mann denken statt an gütige Personalchefs, die verdorbenes Hühnerfleisch anlächeln? Oder denkst du auch an Herrn Meisner, wenn du und dein Mann …?« – »Wir haben ja kaum Ruhe wegen der Kinder. Wenn wir einmal jährlich an meinem Geburtstag dazu kommen, dann denke ich im Schnelldurchgang an alle Männer, die ich kenne, damit ich sie in der kurzen Zeit durchkriege. Da rutschen auch mal hässliche mit rein, einmal sogar die Lehrer meines Sohnes.« – »An wen wohl dein Mann dabei denkt?« – »Männer denken dabei überhaupt nichts. Und wenn, dann an sich selber.« Baba sieht Herrn Meisner sehnsüchtig hinterher. »Wieso probierst du ihn nicht aus?« – »Ich bin die schweinischste Ehefrau der Welt«, sagt sie, »leider auch die treuste. Aber meine verdorbenen Träume, bei denen das Gesundheitsamt tot umfiele, lasse ich mir nicht gesundreden.«

Verliebt in eine Thermoskanne

»Männer sind romantischer als Frauen«, sagt Tom, »und beständiger. Während sich eine Frau an jeder Ecke neu und umfassend verlieben kann, gibt es im Leben eines Mannes nur die eine. Meistens ist es eine, mit der er gar nicht zusammen war, oder nie richtig, aber für sie steht er jeden Morgen auf, für sie schlägt er sich durch den Job und die Wirrnisse des Alltags. Und er schreibt heimlich an einem Roman. Für sie.« Für Fiona, die Tom nach drei Wochen Camping für seinen besten Freund verließ. Tom blieb ihre Thermoskanne, die er bis heute aufbewahrt. »Und was sagen eure aktuellen Frauen dazu, dass ihr an Romanen für frühere schreibt?« – »Nichts. Sie wissen es ja nicht.«

Ich muss an Onkel Zülfü denken. Er mochte neben Tante Hülya andere Frauen begehrt haben, aber geliebt hat er nur eine: die schöne Elif. Sie war Nachrichtensprecherin, und ihretwegen trug Onkel Zülfü abends um acht seinen besten Anzug. Für ihn stand außer Frage, dass sie ihn genauso sehen konnte wie er sie. Sobald sie am Bildschirm erschien, grüßte er höflich: »Guten Abend, Elif Abla. Wie geht es Ihnen?« Eines Abends würde sie zurückgrüßen. »Guten Abend, meine Damen und Herren, guten Abend, Zülfü Efendi«, würde sie sagen, »der Anzug steht Ihnen prächtig. Sie sind der einzige Grund, weshalb ich mich jeden Abend hierherquäle und diese fürchterlichen Nachrichten vortrage, die mir Schulterschmerzen bereiten.« Das wäre der Tag, an dem er seine Familie verlassen würde, um mit Elif zu leben.

Tante Hülya ließen die Schwärmereien ihres Mannes kalt. Sie war überzeugt, dass Elif wie alle Nachrichtensprecher keinen Unterleib besaß. »Was willst du mit einer halben Frau?«, sagte sie. »Die kann dir keine Kinder gebären.« – »Wir werden Kinder adoptieren«, sagte Onkel Zülfü und grüßte weiter. »Wenigstens nehmen sie die Behinderten von der Straße, damit sie nicht mehr betteln gehen müssen«, sagte Tante Hülya.

Elif starb bei einem Autounfall. Der Sender trauerte, und Onkel Zülfü trug seinen schwarzen Anzug. Er war sicher, dass Elif an jenem Tag zu schnell gefahren war, um genug Zeit für das Zwiegespräch zu haben, das sie endlich mit ihm führen wollte.

»Natürlich wollte Elif an dem Tag zu ihm sprechen«, sagt Tom, »natürlich kommt Fiona eines Tages zurück, reumütig, zerzaust, ungewaschen. Aber die Fionas und Elifs lassen sich Zeit, weil sie wissen, dass sie von da an nicht mehr die Fionas und Elifs sind, auf die wir gewartet haben.« Und so schreiben die Männer weiter an nie gelesenen Romanen, starren vergessene Thermoskannen an und grüßen Fernseher. Und das ist durchaus eine Form von Romantik.

Hitzekacheln

Oli besitzt einen alten Schirmständer, eine versilberte Karaffe und seit gestern einen Stapel kunstvoll verzierter Kacheln. Alles erstanden im Antiquitätengeschäft jener Frau, deren Achtung er mit seinen Käufen zu erlangen sucht. Bisher vergeblich. Sie lässt ihn spüren, dass er weder zu ihrer

Zielgruppe noch in ihren Laden gehört. Was ihn am meisten ärgert, ist, dass sie in Obachtstellung geht, sobald er sich einer zerbrechlichen Kostbarkeit nähert. »Ich bin für sie so etwas wie die Stadtaffen in Indien, die auf Müllhalden geboren und auf Autodächern groß wurden: etwas Halbzivilisiertes, Unberechenbares, etwas, das zwar mit Messer und Gabel essen kann, aber die Kloschüssel als Tränke benutzt.«

Diesem Gefühl versucht Oli zu trotzen, indem er sich an Tagen, an denen er die Antiquitätenhändlerin aufsucht, etwas teurer kleidet, als Drehbuchautoren es gemeinhin tun. Als er neulich eine der venezianischen Kacheln befühlte, eilte sie herbei, nahm sie ihm aus der Hand und sagte mit hochgezogenen Brauen, der Posten sei nur als Ganzes zu verkaufen, ganz so, als handelte es sich um zur Adoption freigegebene Geschwister, die man gerne in derselben Familie untergebracht sähe. »Natürlich«, sagte Oli und versuchte beleidigt zu wirken, »wer braucht denn eine einzelne Kachel?« – »Es gibt Leute, die einzelne Kommodenknäufe kaufen«, sagte sie, »und hoffen, sich die dazugehörige Kommode irgendwann später auch leisten zu können.«

Oli fragte mit derselben Herablassung, ob sie Ahnung habe von der fachgerechten Verpackung solch wertvoller Güter oder ob er sich wieder Sorgen machen müsse, wie neulich, als er einem ihrer Händlerkollegen einen Kristalllüster abgekauft habe, der in Scherben gelegen habe, als er bei ihm zu Hause angekommen sei. »Antiquitäten verkaufen ist nicht dasselbe wie sie achten«, fügte er an. Mit Genugtuung sah Oli, wie sie daranging, die Kacheln in Berge von Zeitungspapier und Luftpolsterfolie zu wickeln, und für einen kurzen Moment schien es ihm, als habe er in ihrem Blick so etwas wie Sympathie und Wertschätzung entdeckt. »Ich nehme an, Ihr Wagen ist der Bentley auf unserem Parkplatz?«, fragte sie. »Natürlich der Bentley«, sagte Oli, die beleidigte Tour inzwischen beherrschend, und fragte sich insgeheim, wie er die Dinger in den Bentley kriegen sollte, ohne ihn aufzubrechen, »aber ich lasse später meinen Fahrer mit einem unauffälligeren Wagen kommen«, sagte er, »man will die Neider nicht auf den Plan rufen.«

Später, als Oli die Pakete vom Taxi hoch in den vierten Stock schleppte, begann er, sich selber zu verachten. »Ich will eine Telefonnummer und kriege zweihundertdreiundzwanzig Fliesen«, sagt er und erinnert mich ein wenig an Gurken-Hasan, der, statt wie geplant ein Computerlager auszuplündern, mit Kisten voller Salatgurken rausmarschierte, weil er sich im Gebäude geirrt hatte. Immerhin hatte Hasan die rettende Idee: Er bot sich in Zeitungsannoncen für Hausbesuche als Kosmetiker mit exklusiven Gurkenmasken an. So kam er doppelt zu Geld: Während die gutbetuchten Herrschaften unter Gurkenmasken ruhiggestellt waren, räumte Hasan deren Bude aus. »Soll ich den Frauen Fliesen aufs Gesicht legen?«, fragt Oli. »Umgekehrt. Leg die Frauen auf die Fliesen. Sexuell unterversorgte, reiche Ehefrauen mit viel Tagesfreizeit. Behaupte, es sei orientalische Lustkeramik.« – »Und dann?« – »Und dann gibst du noch eine kleine Einlage als Gurken-Hasan. Du weißt schon, für 300 die Stunde.«

Ernst oder Che?

Ernst Fritschi und die großbusige Wanda hatten eine schon Wochen während Geschichte, die im Wesentlichen darin bestand, dass er mit ihr ins Bett, sie sich aber Zeit lassen wollte, da sie nicht »so eine« sei. Weil auch Ernst Fritschi nicht »so einer« sein wollte, übte er sich in Geduld und lud sie ins Kino ein, in einen Film über Che Guevara. Ernst Fritschi ist ein Anhänger der Revolution, der einst Benefizkonzerte für Kuba organisiert hatte. Nun hoffte er, dass etwas vom Glanz jener Tage erneut auf ihn abfärben würde. Wanda hingegen hatte noch nie etwas von Che und der Revolution gehört. Sie wusste lediglich, dass Kuba zu Lateinamerika gehört und es dort sehr heiß ist.

»Und? Was hältst du vom großen Che?«, fragte Ernst Fritschi leise nach dem ersten Drittel des Films. »Er ist sehr hübsch.« – »Hübsch? Ist das alles?« – »Na ja, man könnte sagen, er ist sexy«, versuchte Wanda sich zu steigern, »supersexy sogar.« Ernst Fritschis Unzufriedenheit mit ihrer Antwort bemerkend fügte sie an: »Mit dem würde ich sofort ins Bett gehen.« Er sah auf einmal nicht nur Wanda, sondern auch Che mit anderen Augen. Was fiel diesem bärtigen Typ in der lächerlichen Fantasieuniform ein, von der Leinwand herab seine Begleiterin anzubaggern? »Mit dem kann man nicht mehr ins Bett, höchstens noch ins Grab«, sagte er, »der modert längst vor sich hin.« Wanda kicherte: »Kubaner können noch nach dem Tod weitervögeln.« In diesem Moment fragte sich Ernst Fritschi, ob die Benefizkonzerte wirklich nötig gewesen wären und ob Wandas Brüste echt seien. »Er war Argentinier«, korrigierte er, »und ein Lustmolch. Der würde das ganze Kino drannehmen, im Dunkeln sogar die Männer. Bis er bei dir ankäme, wärst du alt und runzlig.« – »Genau das meine ich. Ein Latino sagt nie ›alt und runzlig‹ über eine Frau, nicht einmal, wenn sie alt und runzlig ist.« Ernst Fritschi fing an, den Sinn des US-Embargos gegen Kuba zu verstehen und Wandas Stimme unangenehm zu finden. »Aber die Kerle sind halbe Tiere«, sagte er, »mit denen kann man keine drei Sätze reden.« –

»Wer will denn mit einem Latino reden?«, fragte Wanda. »Zum Reden habe ich Freundinnen.« Er wurde lauter: »Erst moralisch tun und dann dem erstbesten Pseudorevoluzzer die Möpse ins Gesicht werfen. Lass dir von dem doch dein Silikonhirn aus dem Körper bumsen, du dummes Politgroupie, du!« In einem Saal voller Che-Guevara-Fans sollte man so etwas nicht sagen. Ernst Fritschi wurde als »Kapitalisten- und Machoschwein« beschimpft, und bevor man ihn verprügeln konnte, flüchtete er in den Kinosaal nebenan, wo *Winnie Puuh* lief. Dort verbrachte er den Rest des Nachmittags zwischen Popcorn essenden Kindern und deren Müttern, von denen bestimmt keine auch nur annähernd »so eine« wie Wanda war.

Auf fremden Sofas

»Du willst mir erzählen, dass zwischen dir und der Frau nichts läuft?«, frage ich Riccardo, während ich ihm beim Bügeln seines schönsten Hemdes zuschaue. Er hat gleich ein »Randevu« mit jener wohlhabenden Dame aus dem Café, wie er mir vorhin verschämt gestand: »Randevu, weisch, wo eine Mann und ein Frau esse, rede und totale romantisch.« Elisa, Besitzerin einer Bulldogge, sei geradezu vernarrt in den dicken Dackel Möckli und lade ihn und Riccardo zum Essen ein.

»Sie lädt Mann und Hund zum Essen ein?«, frage ich. Sie habe eben gute Manieren, sagt Riccardo, nicht wie die jungen Fräulein, die nur ein Herz für Hunde hätten. Elisa habe Stil, sie trage »Frisure wie Fotomodell und eine Mantel hundert Prozente Kaschmir«. – »Und was ist mit Annerösli? Die stopft Elisa den Kaschmir doch hundert Prozent sonst wohin, wenn sie von ihr erfährt.« Annerösli werde aber nichts erfahren, sagt er, denn er tue so, als führe er den dicken Dackel zwecks ihrer beider Abmagerung am See entlang, derweil er gemütlich auf einem fremden Sofa sitze. »Wirklich nur sitzen?«, frage ich. »Und natürlich rede«, sagt Riccardo. »Reden? Mit dir?« Riccardo ist ungefähr das Letzte, was ich mir zum Reden ins Haus holen würde. Er kann Lampen aufhängen und Einbrecher verjagen, aber sein eigenwilliges Deutsch versteht vermutlich nicht einmal er selber. Da lohnt sich ein Gespräch mit Dackel Möckli fast mehr.

»Goffertelli, die junge Fräulein immer denke sexy mache, aber ein wenig philosophisch isch auch gutt!« – »Und worüber redet ihr?« – »Kinder, Garte, Hund.« – »Über Hunde? Du kennst ja nicht einmal den Unterschied zwischen einem Dackel und einer Bratwurst.« Er habe sich mit Anneröslis Bibliotheksausweis ein Buch über Hunde besorgt, sagt er. Jetzt wisse er, dass diese zu den Wirbeltieren gehörten und sogar ein Gehirn besäßen. Bei Möckli sei er sich da allerdings nicht so sicher. »Aha. Und was machst du, wenn euch die Gesprächsthemen ausgehen?« – »Was mache eine Mann und ein Frau, wenn fertig Rede?«, fragt Riccardo vielsagend und prüft zufrieden das gebügelte Hemd, »dann zusamme Fernseh schaue.«

Vergessliche Lenden

Nach der dritten Sitzung beim Sexualtherapeuten hat Fatma endgültig entschieden, dass nicht sie der Problemfall sei, sondern der Therapeut, »weil er ein Mann ist«. – »Verstehe«, sage ich. »Soll er sich einer Geschlechtsumwandlung unterziehen?« – »Nein, einer Gehirnumwandlung. Was können wir Frauen dafür, wenn die Kerle nur noch mit dem Kopf denken anstatt wie früher mit dem Unterleib? Früher war ein Mann ein grunzendes, übelriechendes Etwas, das einem an die Wäsche wollte. Heute reden sie in ganzen Sätzen und schwingen Theorien. Weißt du, was er gesagt hat? Ich sei sexfixiert.« – »Was ja nicht ganz falsch ist.« – »Ha! Ein Mann von früher hätte sich auf mich draufgelegt, anstatt mit Wörtern wie ›sexfixiert‹ um sich zu werfen!«

Auf Fatmas energischen Widerspruch hin habe er erklären müssen, dass dies eine therapeutische Provokation sei. »Das ist keine therapeutische Provokation, das ist eine hormonelle Störung«, habe Fatma gesagt. »Wenn nicht gar Schlimmeres. Wer sagt, dass du kein Unterleibs-Alzheimer hast? Dein Körper weiß einfach nicht mehr, was er vorhatte.«

Fatma will den gesamten Körper des Therapeuten daran erinnern, indem sie sich partiell an ihm vergreift. »Man hört doch immer von diesen sexuellen Übergriffen in Therapien«, sagt sie, »so was will ich machen.« Weil er immer nur rede, anstatt zu handeln, habe sie ihn vorgewarnt. »Achtung, Bürschchen«, habe sie gesagt, »jetzt bewegen wir uns auf ganz dünnem Eis. Und ich brauche dir ja nicht zu erklären, was mit dem Eis passiert, wenn eine so dicke Frau wie ich drauf steht.« – »Fatma, bist du sicher, dass du da nichts falsch verstehst? Müsste es nicht der Therapeut sein, der sich an der Patientin vergeht?« – »Müsste, hätte, würde!«, faucht Fatma. »Vorbei die Zeiten, als man in ein Therapiezimmer marschieren, sich auf die Couch legen und davon ausgehen konnte, begrapscht zu werden!«

Nun will sie die Sache also in die Hand nehmen. Ich mag mir gar nicht erst vorstellen, was genau Fatma tun wird.

Doch sie selber sieht bereits versonnen in die Ferne und sagt: »Ein kleiner Griff für die Frau in den großen Schritt der Menschheit … ähm, nein, ein kleiner Schritt für ein Weib, ein großer Griff in den Mann.« – »Fatma, ich denke, ich habe es verstanden.«

Tom und das Ozonloch

Seit Tom wieder allein ist, tut er das, was für ihn »das Singledasein genießen« und für mich »die männlichen Wechseljahre überspielen« heißt: Er sammelt Telefonnummern und Erfolgsgeschichten. Zumindest versucht er es. Zu seiner großen Freude lernte er neulich in einer Bar eine von der Sorte Frau kennen, die von Männern als »zielstrebig« und »selbstsicher«, von Frauen hingegen als »notgeil« oder »ovulierend« bezeichnet wird. Sie suchte von sich aus das Gespräch mit ihm, und selbiges kam rasch in Gang. Nach dem ersten Drink wussten sie, wer welche Stellung bevorzugt, nach dem fünften beschlossen sie, die Theorien zu verifizieren. Doch mitten in der Verifizierung passierte Tom das, was Männer mit »Es muss am Alkohol liegen« und Frauen mit »Das kann doch jedem passieren« umschreiben. Danach folgte das, was alle eine peinliche Stille nennen.

»Das Dumme war«, sagt Tom nun, »dass ich spüren konnte, dass sie dachte, dass mir das öfter passiert. Dabei habe ich das noch nie erlebt. Nicht mit einer neuen Frau in der ersten Nacht.« Ich tue so, als glaubte ich ihm.

»Es liegt nicht an dir«, sagte er in jener Nacht scherzend zu der fremden Frau in seinem Bett. »Natürlich nicht. Wieso sollte es?«, sagte sie. »Wir Frauen können ja nicht an allem schuld sein, wie ihr uns manchmal glauben machen wollt.« Ihre Selbstsicherheit ging ihm auf die Nerven. Sie hätte wenigstens ein gewisses Maß an Mitverantwortung einräumen können. »Na ja«, sagte er, »vielleicht seid ihr nicht gerade am Ozonloch oder am Waldsterben schuld, aber mit der Verunsicherung der Männer habt ihr schon was zu schaffen.« – »Mann, lass gut sein, das ist keine Verunsicherung, das ist Müdigkeit, Lustlosigkeit, schlechte Vibes, was weiß ich.« – »Ich kenne meinen Körper und seine Vibes, und der ist weder müde noch lustlos, nur unsicher«, sagte Tom. »Weshalb unsicher?«, fragte sie. »Vielleicht weil ich mir vorhin in der Bar anhören musste, dass du schon Sex im Flugzeug hattest und Stellungen ausprobiert hast, die anatomisch gar nicht möglich sind, es sei denn, man hat einen zusätzlichen Arm und zwölf Finger.« – »Ach, guck an«, sagte sie, »meine Vorgeschichte verunsichert dich also? Ein Mann mit Erfahrung ist ein guter Liebhaber, eine ebensolche Frau eine Kastriererin?« – »Müssen wir jetzt wirklich darüber reden?« – »Beim Reden machst du wenigstens nicht schlapp.«

Das war zu viel für Tom. Er ging. Jetzt stiert er in sein Bier und sieht vermutlich aus wie mein Großvater damals, als er in den Krieg ziehen wollte, aber seine Truppe verpasste. »Werde ich wirklich alt?«, fragt er. »Ihr Männer nennt es alt«, sage ich, »wir Frauen interessant.« Was wirklich und ganz bestimmt und nie und nimmer dasselbe ist, so wahr Elvis lebt.

Elvis lebt besser

»Wir müssen der Produktion gegenüber als Einheit auftreten, sonst machen sie uns platt«, sagt Elvis. »Sollen wir Partnerlook tragen, oder reicht es, wenn wir im Chor sprechen?«, frage ich. Die Produktion lädt zum Gespräch mit den Autoren. Sie besteht aus »Hubert Heinemann, Produzent«, einem Zweimetermann, der uns schon bei der Begrüßung sagt, dass er dreißig Filme gemacht habe und sich nichts mehr beweisen müsse, sowie aus etwas, das früher vermutlich eine Frau war und heute ein schwarzes Sackgewand mit einem Hauch Trockenfleisch darin ist. Es trägt eine überdimensionierte, rotrandige Brille, die entweder Leibesfülle oder Lebensfreude vorgaukeln soll. »Rita Lohser, unsere Redakteurin vom Fernsehen«, stellt sie der Mann, der nichts mehr beweisen will, vor. »Wir sind ja so froh, dass Sie nicht bocken«, sagt das Trockenfleisch zu mir. »Für gewöhnlich kratzt es an der Eitelkeit von Autoren, wenn man ihnen jemand Begabteren zur Seite stellt. Aber Elvis scheint Sie bereits überzeugt zu haben von seinen Fähigkeiten.« So ist die Rollenverteilung also. Er der edle Spender, ich die Frau ohne Niere oder das afrikanische Kind ohne Trinkwasser.

»Elvis ist der Richtige für eine Liebesgeschichte. Er kennt die Frauen. Man spürt, dass er an mehr als einer gerochen hat.« Ich werde dem Trockenfleisch gleich das sagen, was Tante Hülya immer zu Autoverkäufern sagte, wenn sie allzu aufmerksam um Onkel Zülfü herumscharwenzelten: »Nimm dein Gebiss raus und kriech ihm in den Hintern.« – »Was ich nicht verstehe«, sage ich, »warum soll ich überhaupt mitschreiben, wenn Elvis allein so toll ist?« – »Wir bauen gerne weniger talentierte Autoren auf«, sagt das Trockenfleisch. Man will mir und meinem verhungernden Dorf also das Fischen beibringen. »Wir vom Fernsehen finden, dass die Geschichte nicht in den Bergen, sondern auf Mallorca spielen muss. Mallorca ist bei den Zuschauern stark im Kommen.« – »Und diese junge Frau und der alte Professor, können die nicht irgendwann miteinander vögeln?«, fragt Heinemann. »Im Kino sollte gevögelt werden.« – »Nein.« – »Wieso nicht?« – »Einfach so.« – »Sie leben allein, schätze ich?« – »Wie bitte?« – »Treffen Sie Männer?« – »Natürlich.« Riccardo zählt streng genommen auch dazu. »Schlafen Sie mit ihnen?« – »Was soll das?« – »Wer über die Liebe schreibt, sollte sie leben.« – »Und wer Krimis schreibt, soll vorher die Großmutter vergiften?« – »Im Gegensatz zur vergifteten Großmutter kennt unser Zuschauer die Materie. Jeder Zwölfjährige wird mehr von Sex und Liebe verstehen als Sie und Ihre komischen Figuren.« – »Genau«, sagt das Trockenfleisch und lächelt Elvis an. Heinemann sagt: »Stürzen Sie sich ins Abenteuer! Und die nächste Fassung ist kein Stapel trockenes Papier, sondern das wahre Leben.« Keine Sorge. Anstelle des neuen Drehbuches werde ich eine Packung Feuchttücher präsentieren.

Lebenslust

»Ich fasse es nicht«, schnaubt Elvis und stopft sich Keks um Keks in den Mund. »Der Produzent will mit dir ins Bett, und du übst dich in vornehmem Schweigen und zarter Errötung, anstatt ihn in die Eier zu treten!« – »Elvis, sei nicht albern. Er hat gesagt, dass ich Betten ausprobieren solle. Dass er seines meint, hat er nicht gesagt.« – »Wenn ein Mann einer Frau zu einem Sexpartner rät, meint er sich selber. Und mich würde er am liebsten rauswerfen, damit er dich für sich allein hat.« – »Sie haben mich runtergemacht, nicht dich!« – »Tu nicht, als hättest du nicht gemerkt, wie er sich mit mir duelliert hat.« – »Ist für euch Männer eigentlich alles ein Schwanzvergleich?« Vermutlich hat Elvis sogar recht, und Männer messen sich immer. Julia hat einmal in einer Rehaklinik, wo sie jobbte, beobachtet, wie zwei Unterleibamputierte unverzüglich zum Vergleich ihrer Phantomschwänze ansetzten, indem sie sich in ihren Rollstühlen zu überholen versuchten und dabei die Treppe hinabfielen.

Heinemann hat mir gestern in der Kaffeepause zugeflüstert: »Eine junge, von Männern enttäuschte Frau kann sich bei einem reifen Liebhaber mit Lebenserfahrung und einer Finca auf Mallorca besser fallen lassen als bei so jungen Akkordbumsern in WGs«, und er hat mir seine Handynummer zugeschoben, »falls Sie plötzlich eine tolle Idee haben und sich austauschen wollen. Die besten Ideen kommen den Autoren ja nachts.« – »O ja!«, wollte ich sagen, »nachts kam mir schon die Idee, mit meinem Körper die berühmten Höhlen von Porto Cristo nachzustellen. Das hat zwar nichts mit dem Drehbuch zu tun, aber ich rufe Sie trotzdem an, Sie geiler Höhlenforscher, Sie!« Gesagt habe ich es natürlich nicht.

»Und überhaupt«, sage ich zu Elvis, »war es nicht vielmehr die verdorrte Redakteurin, die dich die ganze Zeit mit unterwürfigem Dauerlächeln und quasi durch die Trockenblume zur Befeuchtung aufforderte?« – »So was würde ich nicht einmal begießen, wenn ich dafür den Preis als bester Gärtner bekäme«, sagt Elvis. Ich habe gehört, wie sie in der Pause zu Elvis sagte: »Hauchen Sie den farblosen Männerfiguren im Buch Leben ein. Machen Sie das Papier zu Fleisch. Männerfleisch.« – »Schieben Sie sich mein farbloses Buch doch sonst wohin«, wollte ich sagen, »zusammengerollt und mit einer Batterie versehen geht es auch als Massagegerät durch, Sie wissen doch, die Dinger, die sich aseptisch lächelnde Frauen in Katalogen immer an die Wange halten, für die Durchblutung. Und wir alle wissen, dass Wangen die schlechtestdurchbluteten weiblichen Körperteile sind. Wahrscheinlich benutzen solche Frauen Kondome als Frischhaltefolie für Karotten und Gleitcreme als Zahnpasta, was übrigens gar nicht so falsch ist, da ich sicher bin, dass Sie die nächste Drehbuchbesprechung gerne kniend vor Elvis abhalten würden.« Gesagt habe ich natürlich auch das nicht.

Geprüfte Jungs

»Bevor du die Zweitausgabe deiner komischen Nachbarin Fatma wirst, die dort unten am Verschimmeln ist, muss was her«, sagt Heidi manchmal. »Ein Mann«, präzisiert Julia dann, als kämen auch Wildtiere in Frage. Dass einer nottut, ist beiden klar, aber die Frage, was für einer, entzweit sie. Julia wünscht mir »Liebe auf den zweiten Blick, das hält länger«, Heidi hingegen »Sympathie auf den ersten Sex, das gibt schöne Haut«. Die eine hofft auf höhere Magie, die andere auf niedere Triebe. Bisher konnte ich ihrem Ansinnen widerstreben, doch nun ist es Zeit, auf ihr Angebot zurückzugreifen.

»Wenn ich nicht bald mit einem Mann oder einer Spielart davon aufkreuze, bin ich als Autorin einer Liebesgeschichte nicht ernst zu nehmen.« Und so drücken Heidi und Julia mir eine Liste mit Namen in die Hand, die mir nichts sagen, außer dass sich dahinter Gestalten verbergen müssen, die mir bald essend, erzählend, dauerwitzelnd, jammernd und nasebohrend gegenübersitzen werden.

Wer ist Jonathan? Was für einen Typ muss ich mir unter Tulif vorstellen? Wieso steht Lukas in Klammern? »Die Klammern und Anführungszeichen sollen dir egal sein«, sagt Heidi, »lern du einfach die Namen auswendig.« Tatsächlich hat Roland Gänsefüßchen. War Roland früher eine Frau? Oder eine Gans? »Die Jungs sind alle geprüft«, sagt Heidi, was nur heißen kann, dass sie mit allen im Bett war. »Schön wär's. Es sind ehemalige Schulfreunde, Arbeitskollegen, Alkoholbekanntschaften, also Männer, die bisher nicht als Serienkiller auffielen.« Als Trophäen allerdings auch nicht, sonst stünden sie in Heidis Vitrine und nicht auf der Liste.

»Haben sie Arbeit, eure Männer?« – »Drei Ärzte, zwei Bäcker, mehrere Sportler und zwei Architekten, denen man es aber nicht ansieht«, sagt Heidi, und Julia fügt an: »Außerdem ein Polizist. Den haben wir dazugetan, damit die Sache seriöser wirkt.« – »Wie alt sind sie?« – »Alle in deinem Alter«, sagt Heidi, »zwischen zwanzig und sechzig.« – »Liegt unsere aktuelle Obergrenze nicht bei zweiundfünfzig?«, frage ich. »Wir haben nur Untergrenzen«, sagt Heidi, »nichts unter sechzehn und eins dreißig.« – »Ich habe sehr wohl Ober-, Neben-, Hüben- und Drübengrenzen!« – »Dann werde doch Grenzbeamtin«, sagt Heidi. »Bevor ich mich mit einem sechzigjährigen Zwergpolizisten abgebe, verschimmle ich lieber!«, sage ich. »Bitte, einen Versuch ist es wert«, sagt Julia. »Jonathan ist als Erster dran. Ruf ihn an, und mach dich hübsch. Er soll überrascht sein.«

Wird er auch. Ich schicke Fatma hin.

Auf der Suche

Ich mag ihn nicht. Auch weil er zu spät kam. Denn ein Mann, der zum ersten Treffen zu spät kommt, sollte eine lustige Entschuldigung parat haben. Jonathan musste aber weder eine Bank ausrauben noch zwanzig selbstmordwillige Omas auf den Fußgängerstreifen schubsen, nein, er hatte »keinen Parkplatz gefunden«. So einer findet auch anderes nicht, dachte ich. Wie mein Freund Tom, der neulich die linke Brustwarze einer Frau nicht fand, was ihn derart verwirrte, dass er das Licht anmachte und sah, dass er ihren Rücken absuchte. Die Frage, die ihn hernach beschäftigte, war, wie er ihre rechte Brustwarze ergo auf ihrem Rücken gefunden haben konnte.

Jonathan steht zuoberst auf der Liste, die meine Freundinnen für mich zusammengetragen haben, und ich frage mich, ob die Liste nach Qualität auf- oder absteigend ist. Sitze ich am Ende einem charmanten, hochintelligenten Latin Lover gegenüber oder einem haarigen Lustmolch mit Grapschdrang? Jonathan befragt mich über Arbeit, Wohnort, Ausbildung – »Eckdaten«, wie er es nennt –, und mir schlafen die Füße ein. Ich stelle mir vor, wie er die randlose Brille abnimmt, sich über die Speisekarte beugt und sagt: »Ich trage manchmal Strapse. Und welches Geheimnis hütest du?« – »Hörst du mir eigentlich zu?«, fragt er. Ich habe keine Ahnung, was er gerade gesagt oder gefragt hat. »Natürlich höre ich dir zu«, sage ich, »und mir fiel auf, dass du eine besondere Art hast, die Dinge zu beschreiben.« – »Was, das Tagesmenü?« – »Ja, nur schon wie du ›Tagesmenü‹ sagst. Das an sich fröhliche Wort bekommt bei dir einen dunklen, fast melancholischen Unterton.«

Warum bin ich eigentlich immer so höflich? Warum sage ich dem Langweiler nicht, dass er einer ist und dass ich jetzt lieber mit Riccardo vor dem Fernseher säße, als mich mit ihm durchs Tagesmenü zu quälen? »Was denkst du?«, fragt Jonathan, als wären wir seit siebzehn Jahren verheiratet und befugt, die Gedanken des anderen zu besitzen. »Du findest mich bestimmt langweilig«, sage ich. »Am Anfang ist es immer harzig«, sagt er und bestellt: »Wir hätten gerne einen größeren Tisch, drei Kondome und fünf Palmwedler. Uns ist nämlich jetzt schon zu heiß.« Das hat er natürlich nicht gesagt, sondern: »Wir nehmen das Vegetarische.« Und fleischlos war irgendwie passend, an diesem Abend.

Neue Listen

»Wie bitte?«, sagt Baba in der Kantine. »Deine Freundinnen drücken dir Listen mit tollen Männern in die Hand, und du tust, als hätte man dir abgelaufenen Aufschnitt verkauft?« Wir schneiden Brot für den Mittagsansturm, der gleich beginnen wird, und wenn ich an mein gestriges Treffen mit Jonathan denke, finde ich, dass der Vergleich mit dem verdorbenen Aufschnitt nicht ganz falsch ist. »Denk nicht nach, genieß das Leben«, sagt sie. »Ich wüsste gar nicht, welches Leben da zu genießen wäre«, sage ich, »mein eigenes ist etwas angeschlagen, und ein fremdes kann man sich nicht einfach borgen, um es zu genießen.« – »Mein Gott, sind Frauen kompliziert! Du kriegst sie auf dem Tablett serviert und kannst jeden Tag einen anderen probieren.« – »Das kannst du doch auch. So, wie du aussiehst, kannst du sogar jeden Tag zehn bis zwölf verschlingen, ohne auch nur ein Gramm zuzunehmen.« – »Ich lerne nur notgeile Geschäftsmänner kennen, die sich keine Profinutte leisten wollen oder können. Immerhin. Mit zweien ging ich einen Kaffee trinken. Aber schon nach den ersten Minuten zeige ich Idiot die Fotos der Kinder herum. Genauso gut könnte ich sagen, ich sei dort unten zugenäht.«

Vor einigen Tagen hatte Baba mir gestanden, dass sie sich neben ihrer glücklichen, aber etwas monoton gewordenen

Ehe nach einer heftigen Liebschaft sehne, aber weder Mut noch Zeit für diese aufbringe. »Der Wunsch ist eine dieser verruchten Vorstellungen, die man nie umsetzt, wie eine Bank überfallen oder im Kindergarten die eigenen Kinder gegen bessere tauschen«, sagt Baba. – »Ich kann dir die Männerliste gerne geben, wenn du willst«, sage ich. »Wozu? Ich bin schon so lange weg vom Markt, dass ich gar nicht mehr weiß, worüber man mit einem Mann redet, der nicht der eigene ist.« – »Ein Mann fasst sowieso alles als sexuelle Anspielung auf, weshalb es egal ist, worüber man mit ihm redet. Aber wenn es hilft, kann ich dir auch eine Liste mit Themen dazulegen. Von Aphrodisiaka über Bauchnabelstimulation bis hin zu …« – »Windeln«, sagt Baba, »Ich habe es doch fertiggebracht, mit einer der Zufallsbekanntschaften übers Windelnwechseln zu reden!« – »Nicht übel!«, sage ich, »wenn du schon beim Kaffee die abartigen sexuellen Vorlieben des Mannes erahnst, will ich mir nicht vorstellen, wie du in der ersten Nacht drauf bist.«

Putziges Männchen

Es war kaum größer als eins fünfzig, und es stand vor ihrer Tür. »Ei, ei«, sagte sich Fatma, »was ist das für ein putziges Männchen mit dem Riesenschnauzer unter der Nase! Was guckt es denn so glutäugig? Ob es wohl sprechen kann?« Das Männchen sprach mit einer Stimme, so tief, als käme sie aus dem Kellergewölbe: »Hubert. Hauswart. Neu im Amt. Drehen Sie Ihre Zigeunermusik leiser!« – »Nein«, sagte Fatma süß lächelnd, »denn Musik wird nicht gedreht. Sie ist ja kein Joint.« Sie schloss die Tür und stellte sich vor, wie das Männchen nun in seine Wohnung hochgehen und weinen würde. Das tat es aber nicht. Es holte seine Motorsäge aus dem Schrank und begann, draußen im Garten alle Sträucher abzuschneiden, so dass Fatmas Musik im Geheul unterging. »Gut, gut«, sagte sich Fatma, »mach du Lärm, ich mache Gestank.« Und sie kochte alles an Zwiebeln und Knoblauch, was sie im Hause hatte, ein. Als sie zwecks besserer Verbreitung der Gerüche das Fenster aufmachte, sah sie über sich das Gesicht des Männchens. »Anatolische Liebessuppe«, sagte sie, »die machen wir im Frühling zur Balzzeit. Möchten Sie probieren? Sowohl Suppe als auch Weib?« Von oben fiel Wasser herab und durchnässte sie bis aufs Mark. Das Männlein goss seine Fensterpflanzen. »Innerschweizer Kräuter«, sagte es, »die trinken viel, gerade im Frühling«, und es fragte lächelnd: »Duscht man in Ihrer Heimat immer zur Mittagszeit? Nette Kultur.« – »Ich zeig dir Kultur«, sagte Fatma und schrieb »Hier wohnt ein Zwergnazi« an seine Haustür. Tags darauf fand sie im Briefkasten eine aus Zeitungslettern zusammengeklebte Botschaft: »Geh zurück, fettes Stinktier!« Fatma korrigierte die Botschaft mit Hilfe türkischer Zeitungen in: »Stünktüür«. »Wir machen überall ein Ü hin, damit wir es besser aussprechen können«, sagte sie, als sie sich vor den Briefkästen trafen, in die sie sich gegenseitig vergammeltes Essen schütten wollten. »Und jetzt entschuldigen Sie mich, denn meine Süppe kocht über, Herr Hübert.« Und dann sah Fatma eine Schweizer Fahne vom Balkon des Herrn Hubert wehen.

»Diese Provokation lass ich mir nicht bieten«, sagt sie. »Und was willst du tun?«, frage ich. »Die Fahne runterholen? Oder ü-Punkte aufs Kreuz malen?« – »Nein, zuerst drehe ich ihm Drügen an. Und dünn vergewültige ich ühn. Herkünft verpflüchtet.«

Toleranztest

Wir sind tolerant, was seltsame Liebhaber angeht. Denn da auch wir das Glück verzweifelt suchten und mehr als einmal in fragwürdigen Exemplaren des anderen Geschlechts geortet haben, begegnen wir den Missgriffen anderer recht wohlwollend. Heidi hatte einmal einen Dummen, der als stumme Tischdekoration recht nützlich war. Aber sobald er sprach, gab er so viele Peinlichkeiten von sich, dass wir in seinem Fall eine Stimmbänderentfernung als Schönheitsoperation angesehen hätten. Fatma kam vor Jahren mit etwas an, das von weitem aussah wie ein Mann. Von nahem war es ein haariger Wald-und-Wiesen-Troll, der wohlig grunzte, sobald er hohe Frauenschuhe erblickte. Am Ende der Liebschaft hatte er von Fatmas Besucherinnen neun Paar Schuhe zusammengeklaut.

Wir haben unsere Augen, Ohren und unser Gemüt an vieles gewöhnt, und immer wenn wir glauben, eine Grenze des Erträglichen erreicht zu haben, wird sie durch einen neuen Toleranztest erweitert. Aber trotzdem gibt es Männer, die sollte man heimlich und hinterm Rücken der Freundinnen lieben, um sich nicht deren Spott auszusetzen. Zumindest sollte man die Männer etwas kennen, bevor man sie den anderen vorstellt.

Julia konnte es nicht erwarten, uns ihren Panflötisten vorzuführen wie das Krönchen, das sie als Siebenjährige im Kunstturnen gewonnen hatte. Klein sei er, wie alle Peruaner, und stämmig, aber von der Kraft und Grazie einer schwulen Rugbymannschaft. Für die Hausparty hatte sie peruanisches Bier besorgt, Salsa aufgelegt, und sie sagte ständig: »Bitte, lacht nicht über seinen Poncho, er kommt direkt von der Arbeit in der Unterführung.«

Julio kam in Jeans und Pulli und sagte: »Hallo, ich bin der Gert.« Im Laufe des Abends erfuhren wir, dass Gert Jura studiert und, anstatt Zeitungen auszutragen, in Bahnhöfen Panflöte spielt. Julio sei sein Künstlername, denn ein peruanischer Straßenmusiker entlocke Passanten mehr Trinkgeld als ein einheimischer. Er habe sich sogar den Latino-Akzent angewöhnt. Julia fühlte sich betrogen. Sie hatte einen kleinen, temperamentvollen Peruaner nach Hause getragen. Nun packte sie einen einheimischen Zwerg aus.

»Wie sieht das aus, wenn ich mit einem Knirps rumlaufe, der mir bis zum Ellenbogen reicht?«, sagt sie. »Ich kann ihn ja nicht auf einen Rollhocker stellen und immer neben mir herziehen.« – »Dann leg ihn hin«, sagt Heidi, »im Liegen kommt es nicht darauf an.« – »Und wenn du das Licht und seine Stimme ausknipst, kannst du dir den Latino hineindenken in das, was auf dir liegt«, sage ich. »Genau«, sagt Julia, »es ist klein, es ist ein Gert, aber es ist meins.«

Geistiger Abstieg

Wie schon erwähnt, halten sich Heidis Ausflüge in männliche Katastrophengebiete in Grenzen. Der Dumme, mit dem sie eine heftige Affäre hatte, fällt nur zur Hälfte in diese Kategorie. Denn nebst seiner auf Stand-by geschalteten Intelligenz trug er eine Schönheit zur Schau, die vom zuständigen Gott auf Ecstasy angefertigt worden sein musste. Er war so schön, dass manchmal Passantinnen mit offenem Mund stehen blieben. Doch die ahnten nichts von dem verbalen Sondermüll, den er von sich geben konnte. Heidi löste das Problem so, dass sie ihn oft und lange küsste, so dass er nicht zu Wort kam. Aber auch ohne Worte war er zu kabarettistischen Darbietungen fähig. Als Heidi ihn bat, die Parkuhr zu füttern, legte er seinen Hamburger drauf. Und als sie einmal scherzte, sie wolle Zwillinge von ihm mit den Namen Sodom und Gomorrha, sagte er: »Und was, wenn es zwei Jungen werden?«

»So einen sollte man betäuben, um ihn wochenlang zu missbrauchen, und hoffen, dass er sich an nichts mehr erinnert«, sagte Heidi. Während wir Frauen ihre Beweggründe für die Liaison verstanden, wurde sie von unseren männlichen Freunden zur Rechenschaft gezogen. »Wie kann sich eine so kluge Frau mit so einem Deppen einlassen?«, fragte Tom. »Da kannst du ja gleich mit einer Bratpfanne reden.« Dass auch Frauen manchmal nicht reden mögen, wollte er nicht wahrhaben. Trotzdem schämte sich Heidi ein wenig für ihren Dummen. »Anders als Männer meinen wir Frauen oft immer noch, uns bei der Partnerwahl materiell, sozial und geistig nach oben orientieren zu müssen«, sagte sie. »Wie viele Akademiker kennen wir, die sich ohne weiteres mit Verkäuferinnen, Flight-Attendants und technisch bedingten Hohlräumen aller Art einlassen?« Wir kannten sogar einen Hochschulprofessor, dessen Frau sagte, sie brauche keine Zeitungen zu lesen, da ihr Mann ihr jeweils eine Kurzfassung aller wichtigen Ereignisse gebe. Keiner stellte die Frage, was er wohl an ihr fand. Die Antwort lag gut erahnbar unter einem Wonderbra.

Heidis Liebschaft mit dem Dummen hielt drei Monate, was für Heidis Verhältnisse eine Langzeitbeziehung ist. »Wir passen einfach nicht zusammen«, sagte sie, »du bist viel zu schön für mich.« Da sagte er: »Wenigstens hatten wir richtig guten Sex. Die Frauen vor dir wollten immer nur reden.«

Herr Hubert

Herr Hubert schwang das Beil und schnaubte. »Ei, Herr Hubert, haben wir heute Größeres vor, oder sind wir einfach wütend?«, fragte Fatma, während sie ihr Fahrrad wie üblich im Hauseingang unter dem »Fahrräder und Mofas abstellen verboten«-Schild abstellte, das er kürzlich dort angebracht hatte.

Herr Hubert hob das Beil und spaltete Fatmas Fahrrad in zwei Stücke. »Eine Art Gnadenstoß«, sagte er grinsend, »das arme Ding muss Höllenqualen gelitten haben unter Ihrem Riesenarsch.« Noch während Fatma überlegte, ob sie den Zwerg mit der Wäscheleine erdrosseln oder einfach vergiften sollte, bemerkte sie, dass er sich den strauchgroßen Schnauzer abrasiert hatte, über den sie sich mit Vorliebe mokiert hatte. »Brav«, sagte sie, »jetzt sollten Sie sich bloß noch die Haare blondieren, dann sähen Sie exakt aus wie mein Vetter Ülker, der verzweifelt versucht, europäisch zu wirken. Und wenn Sie einen Meter wachsen, sehen Sie sogar aus wie ein Mann.« Danach ging Fatma in ihre Wohnung und ließ türkische Liebeslieder laufen, mit voller Lautstärke und natürlich bei offenem Fenster. Herr Hubert stand im Garten und zupfte an seinem imaginären Schnauzer. Aus Gewohnheit und aus Wut. Seine Augen blitzten. »Abstellen, sofort!«, befahl er, als Fatma sich aus dem Fenster beugte. »Aber, aber«, sagte Fatma, »ich bereite mich auf ein romantisches Dinner vor, mit einer Horde anatolischer Machos. Und übrigens: Die fressen Sie als Vorspeise auf, wenn Sie nicht verschwinden.« Da ging Herr Hubert in den Keller und schraubte alle Sicherungen raus, so dass es im Haus stockfinster wurde. »So wird es noch romantischer«, sagte er auf der Treppe, wo sie sich mit Kerzen in der Hand begegneten. Fatma sagte: »Schraub die Sicherungen wieder rein, du Zwerg!« – »Vorher werde ich dafür sorgen, dass man Ihnen die Wohnung kündigt«, sagte Hubert. »Pass auf, du Wicht«, sagte Fatma, »bevor du das Wort kündigen nochmals ausgesprochen hast, stopfe ich dich in meinen BH und lasse dich dort verfaulen.« Das Dumme war nur, dass sie für einen kurzen Moment das Gefühl hatte, dass ihm das gefallen könnte. Aber man kann sich ja schnell täuschen, im Halbdunkeln.

Die Erbsünde

»Ich habe ein schlechtes Gewissen«, sagt Baba. Wir liegen in knappen Bikinis im Seebad, weil sie sich »wieder einmal das aktuelle Männerangebot ansehen« wollte. Ich tue dasselbe, denn Heidis und Julias Männerliste hat sich bisher als nicht sehr ergiebig erwiesen. »Gucken ist auch für Verheiratete nicht verboten«, sage ich. »Nicht deshalb, sondern weil ich meinem Mann eine übellaunige Ehefrau bin, weil ich meine Kinder in die Krippe gebe, weil ich nicht mehr aus meinem Talent gemacht habe, mein Aussehen nicht optimiere, meine Eltern nicht besuche, weil ich mir nichts merken kann und mir die Probleme meiner besten Freundin im Grunde am Arsch vorbeigehen. Ich fühle mich schuldig, seit ich denken kann.« – »Du bist nicht Mutter und Gattin, seit du anderthalb bist.« – »Das ist es ja! Dieses Schuldgefühl hat nichts mit den Lebensumständen zu tun, es passt sich ihnen an wie der wuchernde Knöterich in unserem Garten, der erst die Nachbarbäume umschlingt und dann erwürgt. Wir reißen jedes Jahr zehn Meter davon aus, und er vermehrt sich schneller, als wir schauen können.«

Als hätten Babas Schuldgefühle schlagartig menschliche Gestalt angenommen, richtet sich ein athletischer Blondschopf neben uns ein und lächelt herüber. »Dieses schlechte Gewissen, mit dem Frauen geboren werden, ist die eigentliche Erbsünde«, flüstert Baba, »Eva hat den Apfel nur hinterher gefressen, damit sie einen vorzeigbaren Grund hatte. Was hätte sie auch sagen sollen: ›Du, Adam, ich fühle mich dauernd schuldig und weiß nicht wieso?‹ Fremdgehen konnte sie ja nicht, und Kinder, Job und Haushalt hatten die noch nicht.« – »Sie war schuld am paradiesischen Waldsterben, weil sie Bäume anpinkelte.« – »Nein, Eva hat sich grundlos schuldig gefühlt, wie wir alle.« – »Männer haben auch ein schlechtes Gewissen, manche sogar zwei, weil sie es weder der Ehefrau noch der Geliebten recht machen können. Und einige von ihnen essen kiloweise Äpfel.« – »Die fühlen sich schlecht, wenn sie etwas verbrochen haben, und selbst dann nicht zwingend. Und falls doch, finden sie probate Mittel, sich zu regenerieren. Wir aber kaufen uns in masochistischer Manier tonnenweise Bücher und Zeitschriften, die uns dreihundert weitere Gründe vorrechnen, weshalb wir alles falsch machen, und wir nicken und sagen: Ja, da steht es schwarz auf weiß. Ich bin und bleibe ein schäbiger Apfeldieb.« – »Und was bleibt uns jetzt außer rituellen Selbstgeißelungen oder Gruppensuizid?« – »Nach Hause gehen und Apfelkuchen backen.«

Gruppensex? Bäääääh!

Tom war in den vergangenen Wochen dreimal mit ihr essen, fünfmal im Kino, er hatte acht Liter Alkoholisches und fünf Zentner Komplimente springen lassen. Kurz: Er hatte sich um Gabi bemüht. Mit Erfolg, denn endlich durfte er mit zu ihr. Sie öffnete die Schlafzimmertür, »und da saßen Bob und seine Kumpels auf dem Bett«. – »Eine Fußballmannschaft?« – »Nein, Plüschtiere. Hasen, Giraffen, Eichhörnchen. Mindestens dreißig Stück! Eine Armee zum Kuscheln räkelte sich auf den Decken. Bob selber ist eine Schildkröte.« – »So, jetzt müsst ihr Platz machen«, sagte Gabi, »weil der liebe Tom zu mir ins Bett darf. Husch, husch!« Und während sie den Zoo vom Bett fegte, war sich der liebe Tom auf einmal nicht mehr so sicher, ob sich das teure Essen und das Ausharren in schlechten Filmen gelohnt hatten. Hatte er nicht Anspruch auf Schadenersatz in Form einer bodenständigeren Nachbarin?

»Hässliche Schuhsammlungen, peinliche Ferienmitbringsel, peinliche Fotosammlungen von hässlichen Exfreunden kann ich alles tolerieren. Aber bei einer, die mit Stofftieren redet, setzt bei mir die genitale Eiszeit ein! Das ist derselbe Schlag Frau, der jeden Mann mit kugelig gemalten i-Punkten kastriert.« – »Männer reden auch mit Sachen. Zum Beispiel mit ihrem Motorrad. Sie klopfen ihm kumpelhaft auf die Schulter oder das, was sie dafür halten, und sagen: ›Lass mich nicht im Stich, mein Freund.‹ Und was i-Punkte angeht: Viele deiner Geschlechtsgenossen beherrschen noch nicht einmal die Lautsprache, geschweige denn die Schrift.«

Tom lag in Gabis Bett und fragte sich, wie die Sache wohl weitergehen würde. Würde gleich die Spieluhr erklingen? Würde Gabi am Daumen lutschen? Wenn ja, an wessen? Und könnte man den Begriff Daumen etwas dehnen, als Wiedergutmachung für den üblen Autorenfilm von neulich? Er entschied sich, die Standardnummer abzuspulen und danach schnell zu verschwinden. Plötzlich brummte jemand unter der Decke: Putzi, der Bär. Er konnte Laut geben, wenn man ihn auf den Bauch drehte. Tom lag auf ihm, und Putzi brüllte um sein Leben. »Du Armer, haben wir dich vergessen!«, sagte Gabi. »Brauchst aber nicht so eifersüchtig zu tun.«

Als endlich alles vorüber war, sagte sie: »Es war wunderschön, nicht?« Und weil Tom schwieg, etwas verunsichert: »Jetzt musst du mir ganz ehrlich sagen, wie du es fandest.« Tom drehte sich langsam auf den Bauch, holte tief Luft und brummte: »Bääääh!«

Probe liegen

»Ich glaube, ich sterbe jetzt«, sagt Oli und sieht mit hochrotem Kopf von seinem Rotweinglas hoch. Ein fieses Enzym, das sonst nur in asiatischen Körpern fehlt, macht sich auch in Olis rar, was bewirkt, dass er den Alkohol langsamer abbaut als wir. Nach dem zweiten Glas ist er sturzbetrunken, nach dem dritten droht ihm eine Alkoholvergiftung. »Oli«, sage ich, »es widerspricht den Drehbuchregeln, Wort und Bild zu doppeln. Zu sterben und dabei zu sagen, dass man stirbt, ist so unoriginell wie die Worte des Mannes, der im Bett ›Ich komme jetzt‹ sagt, was man eh selber merkt und woraus man keinen Nutzen ziehen kann, wenn man's vorher weiß. Was will man auch antworten: ›Gut, dann schminke ich mich noch schnell‹? Jedenfalls gönne ich dir dramatischere letzte Worte. Etwas wie ›Rosebud‹ in *Citizen Kane* oder ›Tut mir leid, dass ich dich jahrelang mit deiner Cousine betrogen habe‹.«

Letztere Abschiedsworte empfehlen sich nur, wenn man hinterher wirklich stirbt. Sonst ergeht es einem wie Onkel Zülfü, der dummerweise weiterlebte, nachdem er seiner

Frau auf dem vermeintlichen Sterbebett sämtliche außerehelichen Verhältnisse gestanden hatte.

»Es ist kein Drehbuch, es ist echt«, sagt Oli und kommt mir vor wie Julia, wenn sie versucht, einem Liebhaber ihre vorgetäuschten Orgasmen unterzujubeln. Oli kippt vom Barhocker. »Was ist los, Oli?« – »Ich habe sie angesprochen. Und alles ging schief.« Sie ist die Antik-Tussi, der er schon so viel überteuertes Gerümpel abgekauft hat, dass er damit selber einen Handel betreiben könnte. Nach dem Kauf jener alten Jukebox aus Nizza drohte Oli zu verarmen, obwohl er mit seinen Drehbüchern nicht schlecht verdient. So nahm sich Heidi seiner an und sagte: »Die Alte wird nie den Mann in dir sehen, sondern immer nur den devoten Käufer. Jetzt ist es Zeit, dass du mal den Tarif durchgibst.« Nach einer kurzen Anweisung entließ Heidi ihn ins Antiquitätengeschäft.

Oli steuerte schnurstracks auf die Frau zu, die gerade eine neu eingetroffene Récamiere vorteilhaft mit Kissen bestückte, sah ihr tief in die Augen und sagte: »Ich will dich! Ich habe dich vom ersten Moment an gewollt! Am liebsten würde ich mich gleich hier und jetzt auf dich drauflegen, so scharf machst du mich.« Er vergaß auch nicht, dabei einen Hauch Selbstironie auszustrahlen, ganz so, wie Heidi es ihm empfohlen hatte. Die Frau lächelte, leicht erotisiert, wie ihm schien. Und auf einmal tauchte hinter ihr ein älterer Mann auf, der auch lächelte und sagte: »Guter Geschmack, Monsieur! Natürlich lässt sich ein Kenner wie Sie diese Récamiere nicht entgehen. Sie dürfen gerne Probe liegen. Und übrigens: Meine Frau dient nur Dekorationszwecken und wird nicht mitgeliefert, haha!« Oli merkte, wie ihm das fehlende Enzym auch ganz ohne Alkohol Probleme bereitete. Er wurde knallrot und wollte sterben. Und bevor er sich auf dem Möbel ausstreckte, sagte er: »Jaja, eine wunderbare Récamiere! Da habe ich ja wirklich Glück gehabt, dass sie mir noch keiner weggeschnappt hat.« Jetzt besitzt er auch die Récamiere.

Kein Mann für eine Nacht

Es hätte mir zu denken geben müssen, dass er sich mit einem forschen »Hallo, ich bin's« meldete, obwohl wir uns noch nie gesehen hatten. »Ich bin's« ist Eheleuten und Spionen vorbehalten, Menschen also, deren Name sich entweder abgenutzt hat oder die aus Diskretionsgründen keinen besitzen. Von Paul wusste ich nur, dass er etwas mit Computern macht. Sein Name stand mit Bleistift auf der Männerliste, die Heidi und Julia mir neulich gegeben hatten. »Ist dieser Bleistiftmensch nur bedingt zu empfehlen, oder ist er verblichen?«, fragte ich und dachte im selben Moment, dass der wahre Grund vermutlich der war, dass Heidi nicht mehr wusste, ob sie selber mit ihm schon das Vergnügen hatte oder noch nicht, weshalb sie ihn vielleicht im letzten Moment wieder von der Liste streichen und in ihr eigenes Bett befördern wollte. »Es kann sein, dass er inzwischen eine Freundin hat«, sagte Heidi, was mich erstaunte, da dies für sie normalerweise kein Hinderungsgrund ist.

Nun sitzen Paul und ich uns also beim Essen gegenüber. Er ordnet die Einzelteile seiner Pizza in akkurate Häufchen, und ich denke, wenn der mit einer Frau ins Bett steigt, dann, um sie auseinanderzuschrauben und völlig anders wieder zusammenzusetzen. Vielleicht würde er ihr Batterien einbauen, damit er sie fernsteuern und zu allerlei Schabernack antreiben könnte. »Ich suche keine Affäre«, sagt er,

»sondern etwas Seriöses. Viele Frauen wollen mich für eine Bettgeschichte, weil sie nur mein Äußeres interessiert.«

Noch während ich überlege, ob er sich bisher nur mit blinden Frauen traf, betritt Elvis das Lokal, in Begleitung einer grünäugigen Mulattin. Kaum Platz genommen, füttert Elvis seine Tischdame mit Amuse-Gueules, und sie kichert die ganze Zeit. Ich bin sicher, dass er sie unterm Tisch befingert, denn es gibt keinen Grund, über Häppchen zu lachen. »Ich würde gerne aufs Land ziehen. Die Stadt ist nichts für Familien.«, sagt Paul – »Landleben! Wunderbar!« Elvis streicht seiner Begleiterin eine Strähne aus dem Gesicht. »Kennst du den Typen dort drüben?« – »Nö. Wieso?« – »Das ist so ein Filmerfuzzi. War schon mal bei dem wegen Computerproblemen. Der hat jedes Mal eine andere Schnalle auf Besuch.« – »Ach, erzähl mal.« – »Der hat keine Ahnung von Computern. Kann das Ding knapp ein- und ausschalten.« – »Das andere. Das mit den Frauen.« – »Wieso, gefällt er dir?« – »Ganz und gar nicht.«

Nun bemerkt Elvis uns. Ich schiebe Paul schnell ein Stück Pizza in den Mund und kichere dabei laut. Dabei sehe ich, dass Elvis seine Begleitung küsst. »Also der hatte mal Panik wegen defekter Festplatte, dabei war's ein Stromausfall.« – »Küss mich, Paul.« – »Wie bitte?« – »Es macht mich total an, wie du von Festplatten redest.« Paul küsst mich. »Noch mal.« Elvis hat's nämlich leider verpasst. »Hey, das geht etwas schnell.« – »Stell dich nicht so an.« Da Paul sich anstellt, kitzle ich ihn unterm Tisch. Er jauchzt, was das ganze Lokal hört. Auch Elvis. Dann küsse ich Paul nochmals.

Nach einem enttäuschten Blick auf die Speisekarte stehen Elvis und seine Begleiterin auf und verlassen das Lokal. Dasselbe tun wir kurz darauf, nachdem ich einen plötzlichen Schwächeanfall hatte. Nachts kommt eine SMS von Paul: »Ich bin's noch mal. Nur damit es klar ist: Ich bin kein Mann für eine Nacht.« Und ich schreibe zurück: »Wer ich?«

Der zweite Akt

»Entschuldige die Verspätung, aber ich musste noch die Kekse fertig backen«, sagt der etwas zerfetzte Blumenstrauß vor meiner Tür. Dahinter kommt Elvis zum Vorschein. »Für dich.« – »Angeber«, sage ich, »wahrscheinlich hat heute bloß deine Putzfrau etwas länger gebraucht, bis alle Kanäle sauber waren.« Ich kann immer noch nicht fassen, dass Elvis mit der Frau schläft, die auch seine Wohnung putzt. »Ich schlafe mit allen Frauen, die mir sympathisch sind«, sagte er neulich während der Arbeit am Drehbuch. »Da bin ich ja froh, dass sich deine Sympathien für mich sich in Grenzen halten«, sagte ich.

»Was war denn das für eine Witzfigur, gestern mit dir in der Pizzeria?« Er kommt herein und stellt die Tüte selbstgebackener Kekse auf den Tisch. »Interessiert er dich?«, frage ich und hoffe, dass Elvis weiterfragt. »Nö«, sagt der, »er interessiert ja nicht einmal dich. Aber süß, dass du mir was vorspielen wolltest.« – »Lass uns übers Buch reden«, sage ich schnell. »Okay, ich habe mir etwas Tolles für das Ende des zweiten Aktes überlegt«, sagt er, »da wo Viviana ihren Hanspeter um Geld für ihre arme Mutter in Bulgarien bittet, sich aber damit die Brüste machen lässt. Wer war denn das eben?« – »Wer?« – »Da geht ein Mann durch deine Wohnung.« – »Oh, das ist Riccardo, beachte ihn einfach nicht«, sage ich, während ich die Blumen in die Vase stelle.

»Nicht beachten? Er ist halb nackt.« – »Er sieht also ihre neuen Riesenmöpse, und dann?« – »Du hättest mir sagen können, dass du einen Liebhaber hast. Ich meine, wir arbeiten zusammen, wir vertrauen uns doch?« – »Riccardo ist nicht mein Liebhaber. Er ist ein Spiel. Wie der von gestern.« – »Der gestern war ein Witz, das hier ist ein Südländer.« – »Er macht hie und da kleinere Besorgungen für mich.« – »Auch größere, schätze ich.« – »Bist du gerade eifersüchtig, Elvis?« – »Wer eifersüchtig? Ich eifersüchtig? Auf einen dahergelaufenen Italiener?« – »Goffertelli, du eine Problem?«, fragt Riccardo, der plötzlich neben uns steht. »Mache deini Nase sofort kaputt.« – »Nein, weder Nase noch Problem«, sagt Elvis etwas eingeschüchtert. »Du könntest doch schon mal das Arbeitszimmer aufräumen?«, sage ich zu Riccardo, und der sagt grinsend: »Sofort, Schatzeli« und wirft mir Luftküsse zu, die wir so nicht eingeübt haben. Ich bin stolz auf seine Improvisationskunst. »Riccardo kopiert bloß ab und zu meine Drehbücher! Er ist mein Kopist, Kopeur oder wie das heißt.« – »Kopulierer heißt das! Ich hoffe, er arbeitet zu deiner Zufriedenheit.« – »Du, halbe Portion! Wolle Prügelei mache?«, fragt Riccardo aus dem Arbeitszimmer heraus. »Wo ist nun das Problem?«, frage ich Elvis. »Das Problem ist, dass ich dich mit ganz anderen Augen sehe«, sagt Elvis leise, um Riccardo nicht schon wieder zu verärgern, »du machst einen auf enthaltsam und keusch, und dabei treibst du es mit Bauarbeitern.« Lächelnd sage ich: »Kennst du denn mein neues Pseudonym noch nicht? Ich bin Sofia Copula.«

Rocky und Ricco

Natürlich hatte ich Riccardo gut auf seinen gestrigen Auftritt vorbereiten müssen. Sein Talent als Mime hält sich zwar in Grenzen, innerhalb dieser beherrscht er jedoch ein kleines Repertoire an originellen Rollen. Zum Beispiel den italoamerikanischen Filmproduzenten Massimo Dubioso, der auf Filmpremieren entdeckungswillige Blondinentrauben um sich schart. Oder Onkel Zülfü selig, den er inzwischen glaubwürdiger gibt, als das Original selber es konnte. Riccardos Paraderolle aber war jener Politiker, zu dessen Vortrag über betrügerische Invalidenrentenbezüge Riccardo eigentlich ging, um ihn zu verprügeln, mit dem er aber am Eingang verwechselt wurde. Man bat ihn zum Mikrofon, wo er nach dem ersten Schweißausbruch die einmalige Chance ergriff, seine Sicht der Dinge darzulegen. »Goffertelli!«, rief Riccardo in den vollen Saal, »wenn no einemolle sage jeman, meini Rücke isch Betrug, ich mache seini Rücke und seini Kurbiskopf totale kaputt. Mit Garantie für zwanzig Jahr!« Danach fing er eine Schimpftirade auf sämtliche Politiker an, die lange gedauert hätte, wäre er nicht von fünf herbeieilenden Sicherheitsleuten aus dem Saal geschafft worden.

Die Rolle, die ich gestern für ihn vorgesehen hatte, war die emotional schwierigste. »Riccardo, du bist mein Geliebter, nicht richtig, nur gespielt.« – »Scho verstande. Mache Eifersuch mit eine andere Mann!« – »Nicht ganz, aber die Richtung stimmt. Da ist mein Co-Autor Elvis, der behauptet, die besseren Liebesszenen zu schreiben als ich, weil er im Gegensatz zu mir die Liebe lebe. Täglich und mit wechselnden Partnerinnen übt er die Szenen ein, die er später so gekonnt zu Papier bringt. Und es sei kein Wunder, dass meine Szenen etwas gar bemüht daherkämen, wo doch mein

Liebesleben ebenfalls bemüht sei. Hast du verstanden, was ich sage, Riccardo?« – »Goffertelli«, sagte Riccardo, »mache seini Kopf kaputt. Dann fertig dumme schwatze.« – »Weißt du, in den Kreisen, in denen ich mich bewege, gehört Prügeln nicht zu den bevorzugten Problemlösungsmethoden. Wir reden miteinander.« Wobei mir gerade einfällt, dass Riccardo nur grammatikalisch korrekt prügeln kann. »Scheißedräck! Bini nid schwulerisch. Musse nid Haare frisiere und rede.« – »Die Frisur kannst du weglassen, aber es wird nicht geschlagen.« Was genau denn die Aufgabe sei, fragte er. »Du kommst singend und pfeifend aus dem Bad und gehst ins Schlafzimmer, wo du dich anziehst, während ich die Verblüffung auf Elvis' Gesicht genieße.«

Er freue sich darauf, sagt Riccardo. Er werde die Erkennungsmelodie aus *Rocky* singen und pfeifen, dann werde der andere schon kapieren, was ihm drohe, wenn er nicht pariere. »Weisch, Rocky isch fertig. Jetzt komme Ricco. Ricco Teil eins bis funff!«

Pseudojägers Ausrede

»Wenn es einen Satz gibt, den man Männern verbieten müsste, dann ist es: ›Ich habe viel zu tun‹«, sagt Heidi, »mit diesen fünf Wörtern entschuldigt er alles. Sogar ein Arbeitsloser hat plötzlich ›viel zu tun‹, wenn man es wagt, sich spontan mit ihm verabreden zu wollen.« – »Das kommt aus Urzeiten, als die Männer den ganzen Tag jagten und keine Zeit war für Kino«, sagt Julia, »ein guter Jäger war ein guter Ernährer. Ein Untauglicher hatte auch als Begatter schlechte Karten, weil er zu alt, zu krank oder einfach zu blöd war, etwa weil er sich dem Bären namentlich vorstellte und ihn höflich fragte, ob er ihn erlegen dürfe.« – »Genau«, sage ich, »und wer nicht mitjagen durfte, musste so tun als ob, um den Frauen zu imponieren. Er streunte orientierungslos in den Büschen herum und sagte: ›Ich habe ihn gleich, ich habe ihn gleich!‹ Aus Mitleid versteckten die Frauen einen toten Fasan im Gras, den er dann erlegen und ihnen mit großer Geste überreichen durfte.« – »Und was glauben diese Deppen, was wir Frauen den ganzen Tag tun?«, fragt Heidi. »Am Feuer sitzen und Nägelchen lackieren? Mit Elchen schmusen?« Sie schüttelt den Kopf: »Nein, mit Urzeit hat das nichts zu tun. Wenn mir ein Mann ständig sagt, er habe viel zu tun, dann übersetze ich: ›Auf meiner Prioritätenliste stehen zuoberst Squash mit Freunden, der Bordellgang über Mittag und die dickbusige Kollegin, für die ich sogar das Squash sausen lassen würde. Du stehst hinten auf der Liste, ganz klein, am Rand.‹ Und natürlich tut eine Frau alles, um Punkte zu sammeln, vorzurücken auf seiner Liste. Sie ruft wieder und wieder an, schickt säuselnde E-Mails, schmollt per SMS, macht sich rar, um sich interessant zu machen. Und er? Er wird sich melden ›sehr bald, sobald der Stress vorbei ist, versprochen‹. Nach drei Monaten ruft er an: ›Zeit für einen Drink? Ganz spontan?‹ Wahrscheinlich hat ihn der Großbusen versetzt, ganz spontan, so dass er die freie Zeit mit Randexistenzen verbringen muss.«

»Aber«, sagt Heidi weiter, »was so einer nicht weiß: Wirklich erfolgreiche Männer erlegen Wolf, Elch, Feind und Chef so schnell, dass ihnen viel Zeit bleibt fürs Wesentliche. Und während unsere Pseudojäger noch hinterm Wild herhecheln, liegen die besten Bogenschützen vor uns auf dem Bärenfell und lutschen genussvoll an unseren lackierten Zehennägeln. Und da wir zehn davon besitzen, haben sie wahrlich viel zu tun.«

Die bulimische Katze

»Gut, ein Mann schummelt gegenüber einer Frau«, sagt mein Freund Tom, »und wenn er ihr Verlangen nach mehr gemeinsamer Zeit mit ›Ich habe viel zu tun‹ ablehnt, meint er nicht unbedingt, dass er drei Tage Zeit hat, auf allen Fußballfeldern des Landes Kartoffeln anzupflanzen, sondern, dass er sich nicht festlegen möchte, ob er sie am Freitag treffen will oder nicht. Aber er schummelt wenigstens mit Charme.« Ich ahne, was er gleich sagen wird: »Ihr Frauen aber, ihr lügt so etwas von unverfroren. Du willst sie treffen. Beim ersten Mal ist sie in den Ferien, beim zweiten Mal krank, beim dritten Mal ist ihre Oma gestorben, beim vierten Mal ihr Telefonanschluss.« – »Soll sie sagen: ›Ich habe keine Oma, aber auch keine Lust, eine Nacht lang deine Walter-Matthau-Knollnase anzugucken.‹?« – »Was für eine Knollnase?« – »Das war ein Beispiel. Außerdem bist du ständig in Begleitung junger Frauen.« – »Ja, manchmal hat man Glück, oder das Mitleid ist mit einem«, sagt Tom, »Kino, Essen, das volle Programm. Man freut sich auf die Belohnung, aber da klingelt ihr Telefon. Die Katze hat einen bulimischen Anfall, und sie muss sofort los.« – »Alter Trick. Sie lässt ihre Freundinnen in stündlichen Intervallen anrufen, um abspringen zu können, falls du dich als notgeil, unhöflich oder Schönheitschirurg entpuppst.« – »Und welcher Trick ist das: Sie gurrt und surrt, Blicke und Hände wagen sich in vermintes Gefahrengebiet vor. Auf einmal bekommt sie Angst vor dem eigenen Mut und erwähnt ganz beiläufig ihren ›Yves, der nur Independent-Filme mag‹. Yves sitzt fortan zwischen uns, dämpft Begierden und glättet Frivolitäten.« – »Kein Trick. Sie sagt dir ehrlich, dass sie vergeben ist.« – »Schade, dass ich darauf nicht ehrlich antworten kann: ›Dein Yves stört mich nicht im Geringsten. Ich will dich ja nicht besitzen, sondern nur besteigen. Danach kann dich wieder der andere in Independent-Filme, vor den Altar oder an der Nase herumführen.‹ Abgesehen davon, dass es den Kerl nicht gibt.« – »Ein Fake wie diese Beifahrer-Attrappen für alleinreisende Frauen?« – »Ja, der aufblasbare Yves ist ein imaginäres Gefühlskondom, eine Schutzbehauptung, um Weiterführendes zu verhüten.«

Meine Gedanken schweifen ab. Vielleicht finden wir eines Tages eine gemeinsame Ehrlichkeit, die nicht verletzend ist. Bis dahin brauchen wir die kranken Katzen, toten Omas und umgepflügten Fußballfelder und können uns wenigstens an den Kartoffeln erfreuen.

Keine Hose ohne Dornen

»Ein Mann ist doch etwas, das nie dann anruft, wenn es soll, das im Kino lacht, wenn wir weinen, und das sich regelmäßig im Schritt kratzt«, sagt Julia, und Heidi und ich nicken, obwohl man über das Kratzen diskutieren könnte.

Am Anfang schien mit Gert alles in Ordnung, und er benahm sich, wie Männer sich benehmen: Er kam zu spät zu Verabredungen, ließ Julia tagelang auf Anrufe warten und war schlecht gelaunt, wenn seine Fußballhelden verloren hatten. Heidi meinte zwar schon zu Beginn: »Man möchte ihn sogar vor Raupen im Salat beschützen, so zart, wie das Bürschchen ist«, doch Julia trug ihr Näschen hoch, denn sie wusste, dass Freundinnen auf Ungeziefer in fremdem Grünzeug hoffen, wenn das eigene zu wünschen übrig lässt. Aber auch mir kamen bald Zweifel an Gerts Männlichkeit. Als ich sah, wie er sich in den Sessel schmiegte, anstatt sich breitbeinig draufzuflächen, ließ ich mich zum Satz verleiten: »Zum Pinkeln setzt er sich vermutlich nicht hin, sondern kriecht ganz in die Schüssel hinein, weil es so kuschelig ist.« Das fand Julia nicht lustig. Sie selber merkte erst viel später, dass etwas verkehrt lief. »Normalerweise, wenn ich einen Tee bestelle und der Mann ein Bier, bekomme ich den Tee und er das Bier«, sagt sie. Aber diesmal habe der Kellner das Bier so bestimmt vor sie hingestellt, dass sie es trank, obwohl sie keines bestellt hatte. Seither trinke sie regelmäßig Bier. »Und er trank den Tee?« – »Nein, er schaute den Tee so lange so leidend an, dass ich fragte, ob das Ungeheuer von Loch Ness drin herumschwimme.«

Das Schlimmste aber sei Gerts Verhalten im Bett, klagt Julia. »Er will immer unten liegen?«, fragt Heidi mitfühlend. Julia verneint. »Er hat immer kalte Füße, so wie wir«, schlage ich vor. »Schlimmer«, sagt Julia, »er stöhnt wie eine Frau.« – »Wie stöhnt denn eine Frau?«, fragen Heidi und ich synchron, denn da wir nie mit Frauen ins Bett gehen, wissen wir nicht, wie sie klingen. »Ihr könnt ihn eine Nacht ausleihen, falls ihr lesbisch seid«, sagt Julia, »er kichert sogar wie ein Weib, wenn man ihn an kitzligen Stellen berührt.« – »Zieht er auch deine Röcke an?«, frage ich. »Nein, aber er benutzt meine Tampons«, sagt Julia und fügt auf unsere entsetzten Blicke hinzu: »Natürlich nicht! Aber ich würde mir das Kondom überstreifen, wenn ich ein passendes Körperteil hätte.« Sie trinkt ihr Bier aus und sagt: »Wir haben gelernt, wie man Männern ihre schlechten Gewohnheiten abzieht. Aber wie man sie ihnen antrainiert, hat uns keiner beigebracht.«

Ferienaffären

»Oh? Wieder allein zurückgekehrt?«, sagte Herr Hubert auffallend freundlich zu Fatma, die ihren Koffer die Treppe hochschleppte. »Haben Ihre Verwandten Sie wieder nicht verheiraten können?« – »Irrtum: Ich machte Sexurlaub in Anatolien«, sagte Fatma. »Ich habe ganze Dörfer durchgenudelt, aus Versehen sogar die eigenen Verwandten. Und wie war's in Thailand bei den Minderjährigen?« – »Irrtum: Wanderferien«, sagte Hubert, »ich habe kein Thailand nötig.« – »Nötig schon, nur lässt man Sie nicht durch den Zoll, weil man Sie für Wurstware hält.« Hubert entgegnete: »Da fällt mir ein: Natürlich bringt man Sie nicht an den Mann. Schweinshaxen sind für Muslime ja tabu.« – »Meine Haxen sind nur für Sie tabu, gieriges Glotzauge«, sagte Fatma. »Ich verzichte freiwillig«, sagte Hubert, »selbst wenn ich nur mit Ihnen auf einer einsamen Insel leben müsste, würde ich das Zölibat einführen.« – »Und ich würde Gurken züchten.« Gesichtszüge entgleisten, Türen knallten, jeder verzog sich in seine Wohnung, hasste den anderen und sann nach Rache.

Natürlich hatte Fatma in den Ferien zugenommen, und Verehrer hatte es auch keine gegeben, was Hubert aber nichts anging. Von da an telefonierte sie nur noch bei offenem Fenster und schnurrte und stöhnte in fremden Zungen. Dass am anderen Ende meistens nur ich war, ging Hubert ebenfalls nichts an. Der verließ das Haus nur noch mit Rose im Knopfloch und kam spät mit zerzauster Frisur heim. Sobald Fatma ihn vom Fenster aus nahen sah, verdunkelte sie ihre Wohnung und ließ Kerzen brennen. Dazu lief die alte Kassette, die sie vor vielen Jahren während ihres Liebesspiels mit einem schuhfixierten und auch sonst merkwürdigen

Anwalt heimlich hatte mitlaufen lassen, um ihm zu beweisen, dass er seltsame Laute von sich gab. Diese Geräusche drangen aus Fatmas Wohnung, wenn Hubert mit Lippenstift am Kragen daran vorbei in seine hochging, die Zunge rausstreckend, weil er ahnte, dass Fatma hinter dem Türspion stand. Die drehte den Anwalt noch lauter.

So geht das schon seit Wochen. »Du musst mir einen Mann bringen, einen echten«, sagt Fatma nun am Telefon, »der soll nackt in meiner Tür stehen und das Hubertchen erschrecken.« – »Der würde nur dich erschrecken. Wann hast du das letzte Mal einen nackten Mann gesehen?« – »In den Ferien, ganz viele.« – »Wie sahen sie aus?« – »Groß, kräftig, fein duftend.« – »Nein, mein Herz, das waren keine Männer. Das waren Dönerspieße.«

Damenwahl

»Bini Arschloch«, sagt Riccardo immer wieder, »bini groß Arschloch!« Ein elender Betrüger und Fremdgeher sei er. Dabei habe er doch Grund dazu, denn lange genug habe er sich Anneröslis Klagen über seine Figur, seine Faulheit, seine Falten, vor allem aber seinen blauen Trainingsanzug, in dem er mit Vorliebe fernsieht, angehört. Und er tue ja nur, was andere Männer in seiner Lage auch tun: Er holt sich das, was er braucht, anderswo. Trotzdem fühlt er sich als »Großloch von Arsch«.

Die Neue – die verwitwete, reiche Elisa – sei so ganz anders als Annerösli, so unkompliziert. »Eine der Annehmlichkeiten unseres Alters ist doch, dass wir aufhören können mit Gymnastik und Jugendwahn«, habe sie gleich zu Beginn gesagt, »und stattdessen Abende vor einem guten

Fernsehkrimi verbringen können, Bier trinkend und über unsere erwachsenen Kinder lästernd, die nie anrufen.« Und dann habe sie ihren Bediensteten aufgetragen, Chips und Häppchen zu reichen. Er, Riccardo, könne es sich ja leisten, »so gut gebaut, wie Sie sind, für Ihre zweiundsechzig Jahre«. – »Du bist doch erst sechzig«, sage ich. Das wisse die Dame aber nicht, meint er. Sie möge ältere Männer, habe ihn wohl deshalb älter geschätzt, und er habe sie nicht enttäuschen wollen. Das, was Riccardo aber endgültig an die Frau gefesselt habe, sei gewesen, wie sie sich eines Tages auf dem Sofa ihm zugewandt und gefragt habe: »Ist Ihr Tenue nicht etwas unbequem für einen Fernsehabend? Wie wäre es, wenn Sie einen Jogginganzug trügen?« Er könne ruhig eine Garnitur in ihrem begehbaren Kleiderschrank deponieren. »Mein Mann war diesbezüglich sehr konservativ«, habe sie geklagt, »er trug sogar zu Hause Anzug und Krawatte.« In jener Nacht habe Riccardo geweint vor Glück. Annerösli habe sich im Bett umgedreht und gefragt, ob schon wieder jemand aus seiner unübersichtlich großen Familie gestorben sei und er die Beerdigung bezahlen müsse. »Ja«, habe Riccardo gesagt, »isse gestorbe mein halb Verwannschafte mutterseite. Flugzeugkatastroff!« Und er rotzte weiter das Kissen voll.

»Bini Arschloch oder nid?«, fragt er. »Aber nein«, sage ich, »das bist du nicht.« – »Dann ich musse ganz schnell Arschloch werde! Weisch, eine Arschloch hat viel mehr Spaß in Lebe.«

Nicht ganz ohne Eier

»Wunderbar! Ganz großartig! Wunderbar!« Heinemann sind offenbar die Worte ausgegangen, so dass er die immer gleichen wiederholt, um seine Begeisterung über die neue Fassung unseres Drehbuches kundzutun. »Wunderbar, wie sich diese Liebesgeschichte zwischen der jungen Viviana und dem reifen Egon entwickelt!« – »Edgar«, sage ich. »Wir haben ihn sogar noch etwas älter gemacht.« – »Wunderbar!« Er lächelt mich an, was weder Elvis noch der vertrockneten Rita Lohser gefällt. »Wir vom Fernsehen haben Bedenken wegen des großen Altersunterschieds«, sagt Lohser, »unser Zielpublikum ist weiblich, über vierzig und hat selber einen alten Sack zu Hause. Das will es nicht auch noch im Fernsehen sehen.« – »Feministische Scheiße!«, sagt Heinemann und zeigt auf mich: »Diese Frau hat Ahnung vom Leben. Solche Autorinnen brauchen wir!« – »Sie hat auch Ahnung von alten Männern«, sagt Elvis, der die Begegnung mit Riccardo immer noch nicht verdaut hat, »sie lebt mit einem zusammen.« – »Oho«, sagt das Trockenfleisch. »Hoppla«, sagt Heinemann, »was sind denn das für Neuigkeiten?« – »Riccardo und ich kennen uns schon lange, aber gefunkt hat es erst kürzlich.« – »Er ist ein ehemaliger Bauarbeiter mit Hang zu häuslicher Gewalt«, sagt Elvis, dem vermutlich wieder eingefallen ist, wie Riccardo ihn prügeln wollte. »Ach, es ist ja so erfrischend, einen Partner zu haben, der nicht intellektuell verbildet ist«, sage ich, »zum Vorspiel stapeln wir Ziegel, und manchmal mauert er mich zum Spaß ein.« – »Schon seltsam, dass Frauen immer Weicheier fordern, dann aber Machos bevorzugen«, sagt Heinemann, und es ist nicht ersichtlich, zu welcher Kategorie er sich selber rechnet. »Ich habe noch nie Weicheier gefordert«, sage ich, »eigentlich habe ich gar keine gefordert, weder weich noch hart, sondern mich auf ein eierloses Dasein eingestellt. Aber es stimmt schon, dass man anders schreibt, wenn man sich dem Leben und dessen Eiern nicht verschließt.«

Auf einmal fällt mir etwas ein. »Wir reden immer nur von Elvis' und meinem Privatleben«, fahre ich fort, »aber was ist eigentlich mit Ihnen beiden?« Elvis und ich haben inzwischen herausgefunden, dass die beiden solo leben. Heineman sagt Unverständliches, das Trockenfleisch sieht traurig drein. »Ich will nicht aufdringlich sein«, sage ich, »aber sollten Sie je neue Bekanntschaften suchen, könnte ich Ihnen einige Freunde vorstellen.«

Ich stelle mir vor, wie Riccardo und das Trockenfleisch zusammen auf dem Sofa säßen. Sie hätte direkten Publikumskontakt, er hingegen könnte der zuständigen Person vom Fernsehen endlich seinen Missmut über das einheimische Filmschaffen kundtun und ihr erklären, was er unter einem guten Film versteht. Und was Heinemann angeht, wäre Fatma die richtige Fachfrau. Allein bei der Vorstellung der beiden im Bett fehlen mir die Worte, so dass ich im Geiste Heinemanns entlehne: Wunderbar, einfach großartig!

Wie ein wilder Stier

»Ist dir mal aufgefallen, dass es immer ältere Männer sind, die über den Feminismus jammern? Und warum ist das so? Warum wohl?«, fragt Heidi. »Weil sie das neue Gebiss testen müssen und es am besten mit Wörtern geht, in denen F und S vorkommen. Darum schimpfen sie über den Feminiffmuff«, sage ich, »Logopädie für Alte, nimm's nicht persönlich.« – »Richtig«, sagt Heidi und schlägt ihre atemberaubenden Beine übereinander. »Es hat mit uns gar nichts zu tun. Ich habe das Rätsel gelöst.«

Des Rätsels Lösung fand Heidi vor einigen Tagen, als sie zum Essen eingeladen war. Das gesetztere Mannsvolk zu Tisch ignorierte den ganzen Abend Heidis Mikrokleidchen, dozierte stattdessen über die besten Weine der Welt und ging nahtlos dazu über, die schönsten Weiber der Welt aufzuzählen, Models und Sängerinnen, Heidi kam nicht vor. Sie stellte sich auf eine kalte Nacht ein.

Da taucht zu später Stunde der Sohn der Gastgeber auf, knappe zwanzig, mampft genüsslich den Rest Pasta direkt aus dem Kochtopf und sagt darüber hinweg zu Heidi: »Du bist zum Beispiel eine richtig schöne Frau. Nicht hübsch, sondern schön.« – »Er hat das Thema nicht ganz begriffen«, sagt der Vater des Kleinen entschuldigend. »Doch«, sagt der, »aber du hast die Frauen nicht begriffen«, und mampft weiter.

Mutterinstinkte erwachen gleichzeitig mit niederen, und man will nichts anderes, als dieses Bürschchen zu adoptieren und aufzupäppeln. Sofort, so hungrig, wie es dreinschaut. Die älteren Männer hüsteln und beeilen sich zu erklären, dass sie früher genauso gewesen seien, nur sei ihnen dieses Verhalten durch kämpferische Frauenbärte ausgetrieben worden.

»Und das ist Bullshit!«, sagt Heidi zu mir. »Das ist dasselbe, wie wenn wir sagen würden: Früher waren wir Supermodels. Nur hat die blöde Modebranche mit ihren übertriebenen Anforderungen uns zu kurzbeinigen, faltigen Weibern gemacht!« – »So viele Falten hast du gar nicht.« – »Egal. Jedenfalls wollen sie uns glauben machen, dass in ihnen ein wilder, schnaubender Stier stecke, sich aber nicht raustraue, weil draußen Metzger rumlungern. Aber in so einem wohnt kein Stier, niemals!« – »Aha. Und was wohnt dort?« – »Ein dipl. Gebifftefter. Und wehe, wenn er lofgelaffen!«

Wicht mit Überlänge

»Ich komme müde von der Arbeit und will nichts als essen, da stellt sich mir der Wicht von einem Hausmeister in den Weg und sagt, ich hätte anatolisches Ungeziefer im Treppenhaus ausgesetzt.« – »Unverschämt. Was hast du gesagt?« – »Nichts. Ich habe ihm eine geklebt.« – »Sehr gut. Und er?« – »Er wurde rot wie ein Schimpansenarsch und schrie, dafür würde ich des Landes verwiesen.« – »Wie lustig. Hast du ihn weiter geschlagen?« – »Nein, ich habe ihn in den Hintern getreten.« – »Ging das noch länger so?« – »Und ob. Er schimpfte, ich haute. Ich wollte gar nicht mehr aufhören damit und hoffte, dass er auch nicht aufhört. Und wie wir uns so beleidigten und ein Wort die andere Ohrfeige ergab, landeten wir im Bett.« – »Wo bitte?« – »Im Bett.« – »Zusammen?« – »Synchron und quasi zusammen.« – »In wessen?« – »Spielt es eine Rolle?« – »Ja, seines wäre Vorsatz, deines Notstand.« – »Sagen wir: Unfall. Wir schubsten uns gegenseitig, und dabei zerrissen wir unsere Kleider.«

»Meine Güte, Fatma, ihr seid doch keine Raubtiere!« – »Du sagst es. Es hatte etwas aggressiv Erotisches.« – »Das habe ich nicht gesagt.« – »So war es aber. Als er mich als Nilpferd vom Bosporus beschimpfte, quetschte ich seine Weichteile.« – »Der Rassist beschimpfte dich auch im Bett?« – »Es schien ihn scharfzumachen. Mich übrigens auch.« – »Aber der Wicht ist halb so groß und ein Drittel so breit wie du. Stand er, während du lagst, oder hüpfte er auf deinem Bauch herum?« – »Ich hüpfte. Vor Freude. Denn der Mann ist ein gekipptes L, also länger als hoch. Und ich sage dir: länger als lang.«

»Wie lang?« – »Unglaublich lang. Ich wurde Zeugin, wie der Zwergnazi partiell zu wachsen begann und größer und größer wurde. Ja, vor meinem ungläubigen Auge entstand ein drittes Reich.« – »Tausendjährig?« – »Anderthalbstündig. Mindestens.« – »Das ist großartig. Und pervers.« – »Finde ich auch.« – »Und?« – »Na ja, ich hatte Angst, er würde auf dem Höhepunkt seine Nationalhymne singen.« – »Tat er es?« – »Nein, er rülpste. Im Gegensatz zu mir hatte er bereits gegessen, und viel zu viel.« – »Fatma, wo führt das hin?« – »Na ja, seither schweigen wir über die Sache.« – »Wirst du ihn wieder schlagen?« – »Wenn er mich wieder beschimpft.« – »Mein Gott, ist das pervers.« – »Es ist gottlos pervers.«

Profis sollt ihr sein

»Irgendwann ertränke ich sie in der Badewanne, alle sechs.« – »Du hast doch bloß fünf Kinder.« – »Das Sechste ist mein Mann.« Baba hat einen Mann, fünf Kinder und jeden Tag eine neue Art von Frust. »Auch Männer und Väter haben tausend Früste«, sage ich, »und denken nicht ständig an Massenmord oder Amoklauf.« – »Weil sie auch tausend Möglichkeiten haben, sie wieder loszuwerden: im Job, in der Kneipe, beim Fußball oder im Bordell.«

Deshalb hat Baba eine neue Geschäftsidee. Sie möchte ein Freudenhaus für Frauen eröffnen. »Abgesehen davon, dass ich mir dich als Puffmutter nicht vorstellen kann: Die

Idee ist nicht neu«, sage ich, »sie hat sich nur nie durchgesetzt, weil Frauen nicht für etwas bezahlen, das sie umsonst kriegen. Das wäre, wie meinem Onkel Zülfü einen Bart zum Aufkleben zu verkaufen, wo er doch den schönsten und prächtigsten des ganzen Viertels spazieren führte.« – »Abgesehen davon, dass mich die Körperbehaarung deiner Verwandtschaft eher marginal interessiert: Wer sagt, dass ich Sex verkaufen will?«, fragt Baba. »Ach so, Gummibärchen?« – »Weder Süßigkeiten noch Bartattrappen. Ich verkaufe das, was Frauen am meisten wollen und am wenigsten kriegen: Lob und Bewunderung! Und dafür gäbe mehr als eine ihr ganzes Hab und Gut her.«

Baba will einen Ort schaffen, wo jede Frau nach dem Wäschetag, Ehekrach oder Familienessen einkehren und sich eine Stunde Lob und lüsterne Blicke von gutgebauten Männern kaufen kann. »Wie? Ich zahle, und er lobt meine Augen?«, frage ich. – »Oder deine dicken Oberschenkel, dein Doppelkinn, deine schlechten Drehbücher. Was immer dir Sorgen bereitet.« – »Mein Doppelkinn?!« – »Das war ein unpersönliches Du.« – »Ich nehme es aber persönlich, nicht nur das Du.« – »Siehst du, gerade jetzt wärst du meine Musterkundin«, sagt sie. »Aber das ist doch albern«, sage ich. »So als würde ich einem Mann Blumen in die Hand drücken und ihn damit einmal ums Haus laufen lassen, um sie dann freudig überrascht in Empfang zu nehmen. Wie soll ich einem Mann glauben, der mich aus beruflichen Gründen lobt?« – »Kennst du irgendeinen Mann, der nicht ins Bordell geht, nur weil die Frauen dort aus beruflichen Gründen tun, was sie tun? Und besser ein dickes Lob von einem Profi als tausend fade eines Laien.« Bei den ohnehin immer seltener werdenden Komplimenten ihres Mannes habe sie schon öfter der Gedanke beschlichen:

»Eigentlich meint er die Kioskverkäuferin von gegenüber, denn die guckt er so gierig an wie früher mich.« Dafür stritten sie sich öfter wegen Babas Überforderung mit den Kindern und ihres mangelnden Engagements im Ehebett.

»Wenn unsere Ehe halten soll, muss ein Fachmann ran«, sagt Baba und schwärmt von muskelbepackten Franzosen, die sich wollüstig an fetten Frauenschenkeln festsaugen, von blutjungen Schweden, die sich in schlaffe Haut eingraben und schwören, nie mehr freiwillig herauszukommen. Franzosen gegen Fett, Schweden gegen Falten, Inder gegen Cellulitis. »Und wirklich gar kein Sex? Nur reden und ein bisschen schleimen?« – »Aber natürlich auch Sex«, sagt Baba, »sonst macht es ja keinen Spaß. Außerdem möchte ich von den Jungs hören, dass ich sehr wohl sehr gut vortäuschen kann. Mein Mann behauptet nämlich das Gegenteil.«

Verdrehte Hüften

»Habt ihr schon einmal einen Orgasmus vorgetäuscht?«, fragt Julia. »Wer nicht«, sagen Heidi und ich im Chor. Schließlich will man nicht zu den Spießerinnen gehören, die so tun, als könnten sie immer. Wir bestellen drei Whiskys, denn die Aussprache könnte länger dauern. »Normalerweise macht man sich ja keine Gedanken darüber«, sagt Julia, »verdreht hier ein Auge, dort eine Hüfte, stöhnt und jauchzt vor sich hin, und der Mann ist zufrieden, die Welt in Ordnung.«

Aber diesmal gerieten Welt und Mann in Schieflage. Letzterer riss mittendrin eine Vollbremsung und brach in Gelächter aus. »Sei mir nicht böse«, sagte er, »aber du erinnerst mich gerade an die euphorischen Verkäufer im Shopping-TV.« – »Dann spiel von jetzt an weniger euphorisch, und du hast Ruhe«, sagt Heidi. »Das ist es ja«, sagt Julia, »es war gar nicht gespielt.« – »Moment«, sage ich, »er hat einen echten Orgasmus für einen vorgetäuschten gehalten?« – »Was zum Teufel tust du, wenn du kommst?«, fragt Heidi. »Machst du einen Handstand? Einen indianischen Feuertanz? Oder putzt du die Fenster?« – »Ich singe Schubert-Arien«, sagt Julia und fügt an: »Das war ein Witz. Ich mache gar nichts. Nichts Bewusstes.« Aber von jetzt an müsse sie vortäuschen, damit es echter aussehe. »Nur: Woher soll ich wissen, wie Frauenorgasmen so aussehen? Die kennen wir alle nur aus Erzählungen. Oder aus Filmen, wo sie sowieso unecht sind.« – »Meinst du, wir sollten alle miteinander ins Bett gehen?«, fragt Heidi, »oder uns dabei auf Video aufnehmen, um es einander vorzuführen?« – »Was hätten wir davon, außer Zeitverlust«, sage ich, »es gibt weltweit einen einzigen Mann, der überhaupt auf die Idee kommt, dass sich unter seinen magischen Händen ein Betrug abspielen könnte. Und diese Arschkarte hat bereits Julia gezogen.« Jede von uns hängt ihren Gedanken nach. »Täuschen Männer eigentlich auch vor?«, fragt Julia auf einmal. »Klar«, sagt Heidi, »aber keine Orgasmen, sondern Gefühle. Sie täuschen Liebe vor, wo keine ist, machen leere Versprechen und malen eine Zukunft aus, die in Wahrheit am Morgen danach endet.« – »Also, ich kann falsche von echten Gefühlen unterscheiden«, sage ich. »Wer nicht?«, sagen Heidi und Julia im Chor. Und dann bestellen wir noch drei Whiskys.

Hund und Hund

»De Möckli spinnt«, sagt Riccardo immer wieder und sieht ungläubig auf Anneröslis dicken Dackel, der seit heute früh versucht, ein Kopfkissen zu penetrieren. »De isch nid normale.«

Vor einigen Tagen war ihm zum ersten Mal aufgefallen, dass mit Möckli etwas nicht stimmt. Mann und Hund kehrten von einem heimlichen Fernsehabend bei Elisa – Riccardos neuer Bekanntschaft – und deren Bulldogge Herr Fritz nach Hause zurück, und Riccardo erzählte Annerösli vom erholsamen, einsamen Spaziergang am See, da fing Möckli an, den Boden zu rammeln. »Was macht er denn? Woher hat er das?«, fragte Annerösli und sah Riccardo durchdringend an. Riccardo hatte ebenfalls keine Erklärung für das, was er sah, aber er beeilte sich zu erklären, das sei Rückengymnastik für den Hund. Annerösli blieb misstrauisch. »Was treibst du mit Möckli, wenn ich nicht da bin?« Da Riccardo nicht in den Ruf geraten wollte, sich an kleinen, fetten Hunden zu vergehen, fragte er mich um Rat. »Vielleicht sind Dackel wie Kinder und imitieren, was sie sehen«, sagte ich, »und wer weiß, was bei deinen Fernsehabenden mit der reichen Elisa so läuft.« – »Nei, Goffertelli!«, sagte Riccardo, solche Filme habe er sich früher angesehen, gewiss, aber doch nicht mit Elisa. »Ich rede nicht von Filmen«, sagte ich. Er sah mich entgeistert an. Er fände Elisa attraktiv, sagte er, aber noch hätten sie kein »sexy gemacht«. Alles zu seiner Zeit.

Weil er kein weiteres Risiko eingehen wollte, verband er Dackel Möckli fortan die Augen, wenn sie bei Elisa zu Besuch weilten. Ihr, der erklärten Tierfreundin, erzählte er etwas von einer schlimmen Bindehautentzündung. Der

Hund begann, obszöne Laute zu jaulen. Gestern nun kam die Hiobsbotschaft. Elisa sah den lüstern röchelnden Möckli an und sagte: »Genauso klingen alte Männer im Frühling. Er ist nicht krank. Er ist verliebt.« Riccardo sah sich um. Im Zimmer waren Elisa, er und … Herr Fritz, die Bulldogge. »Aber de isch eine Mann.« Damit Möckli es mit eigenen Augen sehen konnte, nahm er ihm die Binde ab und schob ihn unter den anderen Hund. Doch Möckli bekam dort unten nur glänzende Augen, tänzelte vor Freude, und bevor Schlimmeres passieren konnte, zog Riccardo ihn wieder hervor.

Und jetzt bumst er das Kissen.

»Isch totale schwulerisch«, sagt Riccardo, »de Möckli isch schwulerisch.« Wir sehen Möckli zu, wie er das Kissen nun von der anderen Seite nimmt. Dann sieht Riccardo mich mit großen Augen an. »Du, sage mal«, sagt er, »Elisa isch eine Name für ein Frau?«

Wink mit dem Zaunpfahl

Das Einzige, was Oli noch an seine unglückselige Schwärmerei für die Antiquitätenhändlerin erinnerte, war der Umweg, den er einschlug, um nicht an ihrem Geschäft vorbeigehen zu müssen. Es war keine bewusste Handlung, sondern ein Reflex, der sich einstellte, sobald er sich in den Gassen der Altstadt befand. Fast mechanisch wählte er eine Abzweigung, die ihm den Gang an der großen Fensterfront des Ladens vorbei ersparte. Am Montag aber, er hatte die Abzweigung bereits eingeschlagen, entschloss er sich, die alten Wege zurückzuerobern, und er war bereit, am Laden vorbeizugehen.

Dass der am Montag geschlossen war, half ihm bei der Selbstüberwindung. Er wagte einen Blick ins Innere des Ladens, dessen Tür zu seinem Erstaunen weit offen stand. Und da war sie, schön und unerreichbar. Und der alte Schmerz ergriff und beengte seine Seele. Er ging schneller, er rannte beinahe.

»Waren Sie in den Ferien?«, ertönte eine Stimme hinter ihm. Sie war auf die Gasse herausgetreten. »Wieso?«, presste Oli hervor. »Weil Sie früher regelmäßig vorbeikamen und dann auf einmal nicht mehr.« – »Ach so«, sagte Oli und wünschte sich für einen Moment, Hugh Grant zu sein. Der könnte gleichzeitig peinlich berührt und charmant wirken. Oli konnte nur Ersteres, und auch das nicht vorsätzlich, wofür er sich nun verachtete. »Zuerst so eine Nummer abziehen und dann nicht mehr auftauchen«, tadelte sie. Sie habe noch nächtelang davon geträumt, wie er hereingekommen sei und sie fast auf die Récamiere geworfen habe. »So bin ich eben«, sagte Oli und dachte, dass dieser Wortwechsel nicht einmal vor den Lektoren einer Vorabend-Soap bestehen würde.

»Das habe ich Ihnen schon immer schenken wollen«, sagte sie. Es war die alte Musikdose, die er bei seinem ersten Besuch genauer betrachtet hatte, nicht aus Interesse, sondern aus Verlegenheit, weil er nicht wusste, wie man sich in solch teuren Läden benahm. »Nicht doch«, sagte Oli. Er vermied den Blick in einen der antiken Spiegel im Schaufenster, weil er sicher war, dort einen blöd lächelnden Mann mit einer Musikdose in der Hand zu sehen. »Ist Ihr Mann nicht da?«, fragte er. »Mein Mann?« – »Na der Mann, der immer hinter Ihnen stand und Zeugs brummte?« – »Lass ihn brummen. Er ist jetzt nicht das Thema.« Während er die Musikdose so genau ansah, als müsste er sie reparieren, strich sie ihm völlig unerwartet mit einem Finger über die Oberlippe. Ihre Forschheit wurde Oli etwas zu viel, und er nahm sich Bedenkzeit aus, vielmehr tat er das, was alle Männer tun, wenn etwas naht, das sie überfordert: »Ich muss los. Ich melde mich«, sagte er und ging.

»Wo ist das Problem, mein lieber Oli?«, frage ich. Heidi, seine übliche Beraterin in diesen Dingen, ist heute verhindert. »Ich verstehe nicht, was sie von mir will, wo sie doch verheiratet ist.« – »Sie winkt mit dem Zaunpfahl, und du siehst es nicht?« – »Was für ein Zaunpfahl?« – »Na die Musikdose.« – »Ich verstehe nicht.« – »Sie ist die alte Dose und du der neue Dosenöffner.«

Neues vom Hexer

»Dieser Film muss einfach gemacht werden!«, sagt Ernst Fritschi zu Heidi und mir, »denn nicht ich habe das Thema gefunden, sondern es fand mich.« Es fand ihn in Form von Edwina, einer großen Blonden, die er auf dem Gemüsemarkt kennenlernte, nicht etwa zufällig, denn »Zufälle gibt es nicht, es gibt nur Entscheidungen, die sich kreuzen«, wie Edwina ihm später beim Ingwertee erklärte.

Vorhin, am Marktstand, hatte sie ihm die beiden Kohlrabi aus der Hand gerissen, die er kaufen wollte, und gesagt: »Die sind mit Schadstoffen verseucht, das kann ich sehen.« Ernst Fritschi sah keine Schadstoffe, sondern nur eine blonde Frau mit zwei großen Kohlrabi, aber Edwina versicherte ihm, über einen Sinn zu verfügen, »der anders ist als das normale Sehen. Es ist vielmehr ein Draht, der zwischen mir und den Dingen gespannt ist und zu schwingen

anfängt.« Und bei den Kohlrabi habe der Draht mehr gewummert als geschwungen. »Gewummert?«, fragte Ernst
Fritschi. »Ja«, sagte Edwina, »bei kranken Dingen schwingt
der Draht unregelmäßig. Bei toten ist er ganz stumm. Du
wummerst übrigens auch ein bisschen.« Das erstaunte Ernst
Fritschi, und um den Draht anzuspannen, machte er ihr
schnell ein paar Komplimente.

»Es gab eine Zeit, wo wir alle über diesen besonderen
Sinn verfügten«, sagte Edwina und nahm einen großen
Schluck Ingwertee, »aber die Zivilisation hat ihn verschüt-
tet. Die ganze kranke Gesellschaft, die Männer, die Politiker und McDonald's. Gerade Politiker fürchten sich vor
diesem Sinn, der uns vor dem warnt, was uns nicht guttut.
Deshalb lassen sie ihn heimlich zerstören.« – »Zusammen
mit McDonald's«, fügte Ernst an. »Als moderne Hexe will
ich diesen Sinn wecken«, sagte Edwina und erzählte, dass
sie sich einmal im Monat mit anderen Hexen nächtens
im Wald treffe, um »gemeinsam zu singen, nackt zu tanzen
und die jahrhundertealten Weisheiten auszutauschen, die
die männlich dominierte Zivilisation in Frage stellen«.
Ernst Fritschi sagte, dass auch er die männliche Zivilisation
in Frage stelle und sich für Vergewaltiger und Politiker
schäme. Ja, im Grunde sei er selber so etwas wie eine Hexe,
weshalb er mitgehen wolle zu diesen Treffen. »Männer sind
nicht zugelassen«, sagte Edwina, »weil sich in euch mehr
Schadstoffe ansammeln als in Frauen. Das bringt nicht
nur unsere Energien durcheinander, sondern auch die des
Waldes.«

Trotz mehrtägiger Kuren mit Brennnesseltee wurde
Ernst Fritschi seine Schadstoffe nicht los und bedrohte weiter die Wälder. Gut, Heidi und ich füllten ihn zwischen-
durch mehrmals mit Whisky ab, weil wir gespannt waren,

ob Edwina das sehen würde. Sie konnte es riechen, und vermutlich schwingen die Drähte von Verkaterten sehr unregelmäßig. Jedenfalls war Edwina unzufrieden, und Fritschi wurde ungeduldig. Schließlich schlug er ihr vor, sie und ihre Hexen zu filmen. Er wolle einen Dokumentarfilm über die verschütteten Sinne machen, »von mir aus auch über den kaputten Wald«. Edwina schien auf einmal interessierter. Das Wummern habe sich gerade verringert, sagte sie, und sie wolle mal die anderen fragen und sehen, was sich machen ließe.

»Was willst du hässliche nackte Frauen abfilmen, die auf dem Markt und im Wald rumrennen?«, frage ich. Aber Heidi sagt gelassen: »Ernst Fritschi wird den ersten ökologischen Porno der Filmgeschichte drehen. Einen Bio-Porno, zu dem es für jeden Zuschauer Gratiskondome aus Jute gibt. Und stell dir mal vor, wie viele Männer sich darauf freuen, die nackten Hexen vor den Gemüseständen beim Bio-Karotten- und -Rettichkauf zu beobachten. Da bekommt das Wort Marktlücke eine ganz neue Dimension.«

Frau aus der Juristensicht

»Immer mehr Männer erblinden plötzlich«, sagt Heidi, »und zwar immer dann, wenn wir vor ihnen sitzen. Man macht sich schön, zieht ein knappes Röckchen an, das als Gürtel durchginge, und was tut der Mann? In Vorwegnahme des Lüstlingsverdachts, der ihn ereilen könnte, gibt er den Stevie Wonder. Sein Blick irrt durch die Luft und bleibt an der Decke kleben, als hätte er mit einem Seh-Rest dort oben ein Warnschild entziffert: ›Achtung! Wenn Sie diese Frauenbeine länger als drei Sekunden ansehen, explodiert irgendwo in der Welt eine Landmine. Da besteht zwar kein Zusammenhang, stimmen tut's trotzdem.‹ Dabei würde uns ein einziger lustvoller Blick reichen, der uns bestätigte, dass die Natur sich beim Verpacken unserer inneren Werte besonders viel Mühe gegeben hat.«

Ich muss an meine eigenen Treffen mit Männern denken, die es in meinem Vorleben noch gab. Eines Winterabends war ich mit einem äußerst eloquenten Juristen verabredet, dessen wohlgeformte Sätze ich dadurch in Schieflage zu versetzen versuchte, dass ich Stück für Stück meiner wärmenden Garderobe ablegte. Am Ende des Abends saß ich beinahe im Büstenhalter vor ihm, und er hatte keinen einzigen Grammatikfehler gemacht. »Jedenfalls müssen wir, wenn wir von einem Mann genauer angesehen werden wollen, zum Arzt gehen«, sagt Heidi, »den zahlen wir dafür, dass er sagt: ›Ihre Brüste sind perfekt.‹ Gemeint sind nicht etwa Form und Größe, sondern der Gesundheitszustand. Aber ausgehungert, wie wir sind, überhören wir dies und nehmen es wörtlich und persönlich. Wie alles, sogar das Standardgeflöte und -gesäusel des Unterführungsmusikanten, mitsamt dessen Spruch für die Brüste.« Sie kann die Seitenhiebe gegen Julias Pseudo-Latino nicht lassen. »Auf so was fällt man nicht rein«, tadelt sie hinter Julias Rücken, »nicht einmal, wenn man Brustkrebs hat und weiß, dass Tage, Männer und Brüste gezählt sind.« – »Aber trotzdem hast du nicht recht, und die Männer sind nicht blind«, sage ich zu Heidi, »sie sehen nur unterschiedlich.« Denn als der Jurist und ich gehen wollten, sagte ich: »Wahrscheinlich ist es Ihnen nicht aufgefallen, aber mein Röckchen rutscht beim Aufstehen hoch. Könnten Sie bitte unsere Mäntel von der Garderobe holen?« Er lächelte und sagte: »Wahrscheinlich ist es Ihnen nicht aufgefallen, aber

wenn ich jetzt aufstehe, könnte man mich für die Garderobe halten und jemand seinen Mantel an meinen Haken
hängen.« – »Die kleinen Prinzen unter ihnen sehen nur mit
dem Herzen gut«, sage ich, »die großen Könige mit dem
ganzen Rest. Und sie sehen nicht nur gut, sondern vor
allem scharf.«

Bei Tom piept's

Natürlich hatte Tom bemerkt, wie umwerfend sie in dem
hautengen Kleid aussah und dass alle Blicke zu ihr wander-
ten, als sie die Bar betrat, und ihr folgten, während sie auf
ihn zuging. Nein, scharf sah Jana aus. So scharf, dass Tom
versaute Gedanken durch den Kopf gingen, die er nur in
stark zensierter Form hätte aussprechen können. Oder wie
er es sagt: »Ich hätte, um gesellschaftskonform zu bleiben,
ein langgezogenes Piiieep von mir geben müssen.« Tom
hatte schon den Mund offen, um Jana wenigstens einen Teil
seiner Begeisterung kundzutun, als ihm einfiel, dass sie es
womöglich falsch interpretieren würde und in ihrem ju-
gendlichen Übermut daraus so etwas wie eine Liebeserklä-
rung ableiten könnte. Aber als Liebe konnte das, was Tom
für Jana empfand, nicht bezeichnet werden. Noch nicht.
Überhaupt wollte er seine gescheiterte Beziehung zu Ma-
riella verdauen, bevor er wieder zu tieferen Emotionen in
der Lage sein würde. Mit Anfang vierzig hat man reifere
Vorstellungen von der Liebe. Aber er fühlte sich durch Jana
etwas gedrängt. Wie sie neulich im Kino ganz selbstver-
ständlich seine Hand ergriffen und durch den ganzen Film
hindurch gehalten hatte, »wie jemand, der glaubt, dass ihm
die Hand gehört, mitsamt dem Mann, der dranhängt«. Und

ihn nervte auch, wie sie ihm hin und wieder besitzergreifend durch die Locken fuhr. »Du hast gar keine Locken«, sage ich. »Strähnen.« – »Übrigens schon etwas graue, wie mir gerade auffällt.« – »Hör jetzt auf, mich lächerlich zu machen, es geht hier um etwas ganz anderes.«

Jedenfalls wusste Tom, dass Jana ganz andere Ansprüche hatte, als er zu erfüllen bereit war. Und als sie sich nun in der Bar neben ihn setzte, obszön nah, und ihre Arme um seinen Hals schlang, da wollte Tom all seinen Heldenmut zusammennehmen und ihr erklären, dass er und sie kein Paar werden würden. Und da sagte sie zu ihm: »Weißt du, was ich schade finde? Dass wir nie ein Paar werden können. Denn du wärst der perfekte Mann für mich, wenn du zwanzig Jahre jünger wärst oder ich ebenso viel älter.« – »Moment«, sagte Tom nach einer halben Schweigeminute, »das Alter spielt doch keine Rolle, ich meine heutzutage, wo Siebzigjährige von Türmen springen und Siebenjährige Oralsex buchstabieren können.« – »Aber wir beide sind nicht beim gleichen Buchstaben im Alphabet des Lebens«, sagte Jana. »Ich suche Abenteuer. Du willst Zukunft, Familie. Es sei denn, du wärst einer dieser Gestörten, die noch mit fünfzig den Draufgänger geben.« – »Natürlich nicht«, sagte Tom. Dann strich sie ihm die erste graue Strähne aus dem Gesicht und sagte, dass er sie manchmal an ihren Vater erinnere, dem die grauen Haare auch ganz prächtig stünden. In dieser Nacht beschloss Tom, sich die Haare zu färben. Und allen Frauen um die zwanzig einen Zensurpiepser einzubauen, der sofort ertönte, sobald sie den Mund aufmachten.

Möckli und Herr Fritz

Gerade hatte sich Riccardo mit Bier und Chips auf Elisas Sofa eingerichtet und innerlich auf den Dienstagskrimi vorbereitet, als Elisa ihm eröffnete, dass sie ihre Affäre beenden müssten, wobei die Affäre ausschließlich aus gemeinsamen Fernsehabenden bestand, sofern man Riccardo Glauben schenken darf, was man darf, weil er nicht zu hundert Prozent unter die Kategorie »Mann« fällt, was ich ihm aber so nie sagen könnte, ohne eine Trübung unserer Freundschaft in Kauf zu nehmen. Wie auch immer, die Liebschaft könne nicht weitergeführt werden, schließlich würden dabei einige Menschen betrogen, meinte Elisa: Annerösli, die das alleinige Recht auf Fernsehen mit Riccardo beanspruche; Elisas Mann, der noch nicht lange genug verstorben sei, um wirklich tot zu sein; und beider Kinder, die ihnen die Sache übelnähmen, wenn sie davon wüssten. Wobei die Kinder längst erwachsen sind und selber betrügen. Darüber hinaus lebt Loredana, Riccardos Tochter aus erster Ehe, in Süditalien und besucht ihren Vater so gut wie nie.

Aber wie Elisa ist auch Riccardo ein Familienmensch mit Verantwortungsbewusstsein. Insofern musste er ihr recht geben. Sie kamen überein, dass eine Trennung für alle Beteiligten das Beste und deshalb unumgänglich sei. Bis sie merkten, dass sie zwei Beteiligte vergessen hatten: Möckli und Herrn Fritz, das schwule Hundepaar, das sich parallel zu seinen Besitzern gefunden hatte und das nun vor ihnen stand und so vorwurfsvoll dreinsah, als wollte man es an chinesische Garküchen verkaufen. Möckli habe zusätzlich gejault und gewinselt, dies gehöre zum Frauenpart, den er in der Beziehung übernommen habe. Riccardo habe Herrn

Fritz gebeten, wenigstens er möge das Ganze wie ein Soldat ertragen. Und überhaupt müsse das »Schwulerische« aufhören. Er solle sich eine frische Pudeldame suchen anstelle des alten Dackels, der mehr Ähnlichkeit mit einer Schweinswurst besitze als mit einem lebenden Tier. Da habe Möckli aus Protest auf den Perserteppich gepinkelt und so laut geheult wie Annerösli neulich, als sie mit frisch erröteter Hennapracht vom Friseur kam und Riccardo zum Spaß mit dem Feuerlöscher winkte. Und Herr Fritz sei auf den Fenstersims geklettert und habe mit Selbstmord gedroht. »Ich will Herrn Fritz nicht auf dem Gewissen haben«, habe Elisa gesagt und Riccardo sofort wieder aufs Sofa und vor den Fernseher gezerrt. Und während Riccardo sich den Krimi ansah, als ob nie etwas geschehen wäre, habe ihm Möckli zugegrinst, als wollte er sagen: »Das hättest du dir in deinen Bauarbeiterjahren nie träumen lassen, dass deine Fernsehabende einst von zwei schwulen Hunden gerettet würden.«

Archäologie der Lust

Julias Liebhaber tut im Bett genau das, was eine Frau sich wünscht. Nicht irgendeine Frau, schon gar nicht Julia, sondern seine Ex. Die ist zwar seit längerem weg, ihre Vorlieben bevölkern aber noch immer das Bett und regieren seine Handlungen. »Dann sag ihm doch, dass du es gern sensibler hättest«, sagt Heidi. »Sensibler? Bewahre! Bei dem endlosen Gestreichel schlafen mir jetzt schon die Zehen ein. Kürzlich war ich drauf und dran, ihn zu fragen, ob er etwas Bestimmtes suche und ob ich ihm dabei behilflich sein könne.«

»Männer tun im Bett immer das, was irgendeine andere vor uns wollte«, sagt Heidi, »und zwar die, die ihn am meisten gelobt hat.« – »Bis zu halbstündige Orgasmen soll sie gehabt haben«, sagt Julia. »Entschuldige«, sagt Heidi, »aber kann es sein, dass dein Gert nicht unbelehrbar, sondern einfach etwas dumm ist?« – »Jeder Mann schaltet alles Wissen um Naturgesetze aus, sobald ein Lob zu seinen Liebeskünsten fällt«, sage ich. »Man könnte ihm erzählen, seine phänomenalen Fertigkeiten hätten nebst besserer Durchblutung, schönerer Haut und guter Laune auch zur Folge gehabt, dass der eigene Körper sich vor lauter Freude spontan zur Bildung weiterer Geschlechtsteile entschlossen habe: Er würde es glauben.« – »Genau«, sagt Heidi, »eine Frau kann tausend Komplimente und eine Kritik bekommen, sie hört nur die Kritik und denkt: Es gefällt ihm nicht, also bin ich unfähig. Ein Mann denkt sich: Es gefällt ihr nicht, also ist sie unfähig. Und eine einzige lobende Erwähnung nimmt er fortan als Adelstitel, der ihm nicht mehr aberkannt werden kann. Er steigt schon mit Siegerpose ins Bett, und die Frau kann froh sein, dass sie ihm überhaupt du sagen darf.«

Natürlich hat Julia versucht, ihrem Liebhaber Hinweise auf die eigenen Vorlieben zu geben. »Aber ich kann ihm hundertmal sagen, dass mich seine Zunge an meinem Bauchnabel mehr belustigt als erregt«, sagt sie, »früher oder später landet er wieder dort.« Es sei ihr sogar schon der Verdacht gekommen, dass das Dauergefummel an falschen Stellen nicht der Stimulation diene, sondern dass er sie so lange schrubben und polieren wolle, bis darunter vielleicht doch seine Ex zum Vorschein komme. »Du könntest dir Wegweiser aufmalen, die vom Bauchnabel weg in heißere Gegenden weisen«, sage ich. »Am besten mit der erwünschten Höchstgeschwindigkeit.« – »Hilft doch nichts«, sagt

Julia. »Er fragt ja auch in fremden Städten niemanden nach dem Weg.«

Am Abend ruft Heidi mich an. »Findest du es nicht seltsam, dass unsere Julia es im Bett gerne härter mag?« – »Das sagt die doch nur, um uns zu beeindrucken«, sage ich. »Das habe ich auch gedacht«, sagt Heidi. »Kein Wunder, dass die keinen Spaß im Bett hat, wenn sie sich selber was vormacht.« – »Und an seiner Stelle würde ich mich nicht beirren lassen.« – »Genau, manche Frauen brauchen einfach etwas länger, bis sie zu dem stehen können, was ihnen wirklich gefällt.«

Dadadimmdudu!

Paare pflegen bekanntlich seltsame Liebesrituale, deren Reiz sich Außenstehenden nicht sofort erschließen mag. Wenn Onkel Zülfü und Tante Hülya einmal im Jahr die körperliche Lust aufeinander ereilte, stritten sie sich jeweils lauthals vor dem Haus, so dass alle im Viertel Bescheid wussten. Aber das ist nichts im Vergleich zu dem, was Fatma und Hubert sich täglich an Aufregendem ausdenken.

Wir sitzen gemütlich an Fatmas Küchentisch und trinken Tee, als die Tür aufliegt, der kleine Herr Hubert geradewegs auf uns zukommt, uns je eine Ohrfeige verpasst, sich knapp verbeugt und wieder geht. »Was soll das?«, frage ich. »Er hasst Ausländer«, sagt Fatma. »Aha. Hasst er sie öfter?« – »Jaja, und immer wieder neu. Kürzlich stürmte er in meine Küche und warf drei Schweinswürste in meine Linsensuppe. Wir sollten uns gefälligst anpassen, meinte er.« – »Verzeih meine Neugier, aber wieso kommt der mir nichts, dir nichts in deine Wohnung?« – »Er hat einen Schlüssel.« –

»Geklaut?« – »Nein, von mir.« – »Wieso denn das?« – »Weil er die Tür sonst mit der Motorsäge aus der Wand schneiden würde. Und das wäre unangenehm.« – »Unangenehm, ja. Nehmen wir seine Ohrfeigen hin, oder sollten wir uns rächen?« – »Wir rächen uns.«

Fatma geht aus der Küche und kommt mit zwei Kopftüchern zurück, wovon sie eines mir reicht: »Er soll uns nicht erkennen. Kommando Kopftuch, marsch!« Wir gehen schnurstracks hoch in Huberts Wohnung, wo er beim Essen sitzt und Radio hört. Fatma dreht den Sender auf etwas Türkisches, steckt ihm zwei Rüben in die Ohren, tunkt seinen Kopf mehrmals in die Suppe und sagt: »Entschuldigung.« – »Wofür denn?«, fragen Hubert und ich gleichzeitig. »Dafür, dass wir beim Eintreten die Schuhe nicht abwischten und Ihren Boden verdrecken. Fremde Kultur halt.« Dann gehen wir wieder.

»So, das wäre erledigt«, sagt Fatma und legt ihr Kopftuch ab. »Kann es sein?«, frage ich, »dass ihr nicht ganz dicht seid, du und das Hubertchen?« – »Jaja, Hass unter den Völkern führt zu nichts Gutem. Wir sollten uns stattdessen die Hand reichen, Kerzen anzünden und Lieder singen.« – »Wieso macht ihr das nicht?« – »Spatzenhirn! Weil Lichterketten zu zweit recht albern aussehen. Wir hätten es sonst längst versucht, vorn an der Kreuzung, wobei man uns für Trauernde hielte, Hinterbliebene eines Verkehrsopfers. Außerdem könnten wir uns auf kein Lied einigen und sängen gleichzeitig zwei verschiedene. Er *Vrenelis Gärtli* und ich *Dadadimmdudu*.« – »Dadadimmdudu?« – »Frei improvisiert. Ich würde eine international verständliche Aussage wollen.« – »Soso. Ich vermute, dass ihr beim Prügeln und Plagen bleibt, weil das international noch verständlicher ist?« – »Ganz richtig. Hoch, die internationale Dadadimmdudu!«

Eine verhängnisvolle Affäre

Ich hatte einen schlechten Traum. Ich träumte, dass Elvis am Abend zuvor mit Hamburgern und Pommes frites vor meiner Tür stand und sagte: »Wir sollten uns zur Inspiration ein paar alte französische Filme der Nouvelle Vague ansehen. Und gegessen hast du bestimmt auch noch nicht.« – »Nein«, sagte ich. »Eigentlich wollte ich bei Fatma essen, aber ihr sonderbarer Hauswart hat uns den Appetit verdorben.« Wir setzten uns hin, aßen, sprachen über das Buch, das Leben sowie über französische Liebesfilme und ihre Dialogtechnik. Und plötzlich und ohne erkennbaren äußeren Anlass fielen wir übereinander her, noch mit den letzten Bissen des Essens in der Hand. Es war ein schlechter Traum.

»Da sind noch Pommes von gestern im Bett«, sagt der schlechte Traum neben mir. »Elvis! Du hast mich zu Tode erschreckt.« – »Schade. Ich dachte, ins Koma ge...« – »Sprich's nicht aus!« – »Okay, ich kann es auch pantomimisch darstellen.« – »Du Schwein! Warst du die ganze Nacht hier?« – »Nein, ich bin am Morgen in deine Wohnung eingebrochen, habe mich leise ausgezogen und mich in dein Bett gelegt. Das mache ich manchmal, wenn mir langweilig ist. Ich habe weitere komische Hobbys wie zum Beispiel umgekehrtes Klauen: Ich bringe Sachen aus meinem Kühlschrank in den Supermarkt und lege sie dort in die Regale.« – »Erstens: Halt die Klappe. Zweitens: Zieh dich sofort an und geh.« – »Nein, wir wollten heute zusammen am Buch weiterschreiben, schon vergessen?« – »Drittens: Das hier hat nie stattgefunden. Wir vergessen es einfach wieder.« – »Ich denke nicht daran, irgendetwas zu vergessen. Ich werde mich bei der Produktion beschweren und sagen, meine Co-Autorin geht mir an die Wäsche wie die ruchlose Glenn Close damals dem armen Michael Douglas in *Eine verhängnisvolle Affäre*. Der muss seine postkoitale Depression bis heute mit Catherine Zeta-Jones und Schönheitsoperationen wegspülen. Ich werde mir die Kleine aus dem Produktionssekretariat anlachen, die mit den aufgeworfenen Lippen.« – »Halt's Maul, Elvis!«

Wir schweigen. Nach einer Weile sage ich: »Wer von uns beiden schläft sich eigentlich gerade hoch?« – »Wenn wir Pech haben, schlafen wir uns gegenseitig runter«, sagt Elvis, »und wenn du nicht weißt, was ich meine, kann ich es gerne wiederholen. Entweder pantomimisch oder … französisch.«

Lieber Leser

Bitte staunen Sie nicht, wenn Sie mich nicht ganz so wohlgelaunt vorfinden, wie Sie es unter diesen Umständen vielleicht wären. Es gibt Menschen, die werden nicht fröhlich, nicht weil sie nichts zu lachen hätten, sondern weil sie selbst beim Lachen immerzu daran denken müssen, dass jede Sekunde sie dem Tod näher bringt. Dem eigenen oder dem des Geliebten.

»Jaja«, mögen Sie genervt einwenden, »aber man kann doch auch einmal glücklich sein, ohne irgendetwas zu denken.« Ich hingegen sage Ihnen das, was Onkel Zülfü immer sagte: »Das Glück ist eine Hure.« Es schmiegt sich an den, der zufällig zu jener Stunde in jener Gasse war, aus Verzweiflung, um dem Selbsthass auszuweichen oder gar der Langeweile. In einer schwachen Stunde des Lebens wirft man sich einander in die Arme und lebt von der Illusion der

Unsterblichkeit. Was sind Paarungen anderes, als der verzweifelte Versuch, dem Tod zu entgehen? Mit zwanzig hält man es für ein Gerücht. Mich wird es nicht treffen, sagt man sich, auch wenn Legionen von Menschen vor mir gestorben sind wie die Fliegen, ist das kein Grund, dass es mir gleich ergehen muss. Ich werde ganz leise sein und mich im Gegenüber verstecken, damit der Tod mich nicht findet. So rumpeln und rammeln wir uns ineinander, bis uns eines Tages, wir sind schon etwas grauer geworden, das Gefühl beschleicht, dass wir einem Schwindel aufgesessen sind. Wir sehen uns den schlafenden Menschen an unserer Seite an und fragen uns, wie wir je auch nur eine Sekunde daran glauben konnten, mit ihm unsterblich zu werden. Ein billiger Taschenspielertrick.

Aber noch Jahre später tippen wir idiotengleich auf die Nussschale, weil wir sie gesehen haben, blitzend und funkelnd, weil man sie uns gezeigt hat, weil wir wollen, dass sie da ist: die Münze, mit der wir alles gewinnen würden. Der Melancholiker ist jener Beobachter im Publikum, der gesehen hat, wie die Münze vor unseren Augen und doch von uns unbemerkt entfernt wurde. Er klatscht deshalb keinen Beifall, weil er weiß: Wie sehr wir uns auch abmühen, am Ende werden wir verlieren.

Und ich frage Sie, und bitte geben Sie mir eine ehrliche Antwort: Wenn die Hoffnung auf das ganze Glück in einer Nussschale Platz findet, welche Missverständnisse können sich in einem ganzen Menschen vereinen?

Inspektion!

»Kann mir bitte jemand erklären, warum sich Männer in Wohnungen so sonderbar benehmen?«, frage ich, und Heidi und Julia nicken, als wüssten sie genau, wovon ich spreche.

Vor einigen Tagen, als Elvis zu Besuch war, fiel es mir auf. Kaum ist er da, geht er so zielstrebig durch meine Wohnung, als hätte er sie im Krieg erobert und müsste sich einen Überblick über seine neuen Ländereien verschaffen. Die Einrichtung wird kommentiert, die Aussicht gecheckt, der zu kleine Fernseher bemängelt. Während ich Kaffee aufsetze, filzt er die CDs, und ich höre spöttisches Gelächter. Schließlich wendet er sich den Bücherregalen im Flur zu, wohl um sich über den geistigen Zustand des Weibes zu informieren, das er auch schon in seinem Besitz wähnt: Kann es lesen? Wenn ja, was liest es? Nach eingehender Prüfung meines Literaturbestandes sieht er mich mitleidig an. Der Grund: Melvilles *Moby Dick*. Nichts gegen das Buch, »aber wie kann man es bloß in der deutschen Übersetzung lesen!« Dabei guckt er drein, als hätte er gerade erfahren, dass mir das Großhirn fehlt. Ich bin sicher, dass er mich gegen Kriegsgefangene eintauschen wird.

»Sogar One-Night-Stands gehen schnurstracks zum Kühlschrank«, sagt Heidi, »inspizieren dessen Inhalt und fragen enttäuscht: Nichts Gescheites zu essen da?« – »Nein«, pflege sie jeweils zu antworten, »du hast auch nicht *all inclusive* gebucht.« Nebst der Selbstverständlichkeit des Hausherrn gehen sie mit der Akribie eines Forensikers vor, ganz so, als würden sie dem bisherigen Bild, das sie sich von der Frau gemacht haben, nicht trauen und nach etwas suchen, das ihnen deren Innerstes offenbart. Irgendeine kranke Leidenschaft.

Als ich mit dem Kaffee zurückkomme, ist Elvis damit beschäftigt, das Holz des Kleiderschranks zu untersuchen. »Der ist mit Sicherheit nicht antik«, sagt er, und es klingt wie ein psychiatrisches Gutachten. Als er sich endlich zum Kaffee setzt, wirkt er enttäuscht. Seine Ausbeute ist gering. Bei seinem nächsten Besuch will ich ihm etwas bieten. In einer der Ritzen des Schrankes verstecke ich einen Zettel mit der Notiz: »Hilfe! Der Verfasser dieser Nachricht wird seit Jahren in diesem nicht antiken Schrank gehalten und sexuell missbraucht.« Außerdem kaufe ich Meditations-CDs und ein Plüschsofa und stelle den Achtziger-Jahre-Sachbuch-Bestseller von Gerti Senger ins Regal: *Was heißt schon frigid?*

Die Kammerjägerin

»Wenn du glaubst, dass Männer sich in Wohnungen von Frauen komisch benehmen, weißt du nicht, was wirklich komisch ist«, sagt Tom. »Sie betritt meine Wohnung und sieht zwei hässliche Vasen und eine schöne. Die beiden hässlichen lässt sie links liegen und steuert geradewegs auf die schöne zu, um sie zu zerschlagen. Nicht tätlich, aber verbal. Mit einer Mischung aus Abscheu und Mitleid fragt sie: ›Gab es die im Sonderangebot, oder warum steht in jedem Haushalt so eine herum?‹ Der Grund für die Attacke: Sie weiß instinktiv, dass die Vase das Geschenk einer anderen Frau war. Die Fahndung geht weiter. Mit der Sicherheit eines Kammerjägers spürt sie die Konkurrentinnen überall in der Wohnung auf und macht sie zunichte, im Kühlschrank, in der Videosammlung, im Bad: ›Hast du Kinder? Ich meine nur wegen des pubertären Motivs auf dem

Duschvorhang.‹ Zu welchem einen natürlich die Exfreundin überredet hatte. Der Terminatorin entgeht nichts. Aus tausend Büchern pickt sie das *Kamasutra* heraus, ebenfalls das Geschenk einer Frau, und flötet: ›Huch? Haben wir's denn nötig?‹« – »Tom!«, sage ich, »bei dir steht das *Kamasutra* im Regal? Und ich dachte immer, dass das Buch nur von prüden Frauen gekauft wird, die Reizwäsche per Katalog bestellen und alberne Handschellenspiele für verrucht halten.« – »Jetzt fängst du auch noch an! Aber wenn du schon dabei bist, dann erklär mir, wieso Frauen immer wissen, was von anderen Frauen stammt.«

Wie soll ich es ihm erklären? Es gibt Gegenstände, die eigens dafür kreiert wurden, dass man sie einem Mann schenken kann, entweder, um sich selber ein Denkmal zu setzen, oder, um ihn für die Nachwelt zu kastrieren. Oder beides. Ich erinnere mich jedenfalls noch mit Schaudern an beleuchtete Zierbrunnen, Kupferstiche und diverse Töpferarbeiten von Exfreundinnen.

Und beim Anblick des cremefarbenen Fernsehers, dem Geschenk einer Gelegenheitsbettflasche, machte ich mich auf gerüschte Unterhosen und der Aufschrift »Außer Betrieb« gefasst. Aber was war das schon im Vergleich zu dem indonesischen Polsterbett mit einem Rahmen aus Riesenbambus, in den eingekerbt stand: »Ich werde dich nie vergessen. Ich dich auch nicht, Herzchen.«

Afrikanische Diät

Zum einen war kein anderer Regisseur bereit, für so wenig Geld zu arbeiten, zum anderen konnte Ernst Fritschi die Arbeit an diesem Werbefilm gerade noch mit dem guten

Zweck gewissensheilig machen. Jedenfalls war es eine geglückte Konstellation. Er sollte einen Spot für ein Kinderhilfswerk drehen, und er, der die üblichen Spendenaufrufe zu soft und zu beschönigend findet, wollte das Elend der armen Kinder, das wir mitzuverantworten haben, so auf die Leinwand bringen, dass uns der Appetit auf Popcorn und Eiscreme augenblicklich verginge. Ja, die Bilder der hungernden Kinder sollten noch in den Hauptfilm hineinwirken und uns die Freude an den Geschichten vergällen, in die wir uns flüchten, während draußen die Welt nach Hilfe schreit.

Nun erschien es dem Hilfswerk verlogen, einerseits für eine gute Sache zu werben, andererseits eine komplette Filmcrew nach Afrika zu schicken und sie dort in einem Fünfsternehotel zu beherbergen. Zumal das Budget dieses Spots weit unter dem Existenzminimum eines üblichen Werbefilmes lag. Auch Ernst Fritschi sah dies ein. »Kein Problem«, sagte er sich, »in unseren Kindergärten wimmelt's von schwarzen Kindern. Ich suche mir die magersten aus, setze sie irgendwo auf eine staubige Straße, klebe ihnen Fliegen in die Augenwinkel und lasse sie hungrig gucken. Das merkt kein Schwein, dass das nicht Afrika ist.«

Das war vor fünf Wochen. Als die Kinder aufs Set kamen, wurde Ernst Fritschi blass. Denn in der Zwischenzeit hatten sie zugenommen und wirkten etwas pummelig. Die Mütter hatten ihren Kleinen viel und gut zu essen gegeben, damit sie als zukünftige Filmstars vor der Kamera was hermachten. »Meine Güte«, sagte Ernst Fritschi. »Kein Mensch, der diese dicken Kinder sieht, spendet Geld für die armen Länder. Er schickt stattdessen Diätpillen dorthin.« Die Kinder zeigten sich ihrerseits enttäuscht über den Regisseur. »Der redet ja gar kein Englisch«, sagten sie. »Und wo ist die Baseballkappe? Echte Regisseure haben Baseballkappen.« Sofort erteilte der allen Eltern, Tanten und Erziehern Setverbot, »damit die Kinder nicht in einen Autoritätskonflikt geraten.« Als alle weg waren, ließ er den Kleinen das Essen wegnehmen und ordnete an, auch sonst ein wenig gemein zu ihnen zu sein, damit sie wenigstens weinten. »Wenn schon fett, dann wenigstens traurig«, sagte er, »und Tränen kommen immer gut.« Doch nur eines der Kinder weinte, ausgerechnet das dickste, das Ernst Fritschi sowieso nicht filmen wollte. Die übrigen gaben ihm den Tarif durch: Ein Kind wollte nur mitmachen, wenn es Neo aus *The Matrix* spielen durfte, ein anderes wollte die kleine Meerjungfrau sein und der dicke, der eben noch geweint hatte, ein Teletubbie. »Ihr spielt Hungernde«, sagte Ernst Fritschi. »Das ist cool. Viel cooler als der Kommerzmist, den ihr euch reinzieht.« Die Kinder wollten sofort nach Hause, doch da appellierte das älteste an ihr Gewissen: »Natürlich ist dieser arme Hund kein Regisseur, und er macht uns nicht berühmt. Aber er braucht das Geld. Wenn wir ihm nicht helfen, muss er für den Rest seines Lebens unter Brücken schlafen und hungern.« Nun waren auch die übrigen Kinder bereit zu helfen. Am Ende der Dreharbeiten überließen sie ihm ihr Honorar und spendeten sogar einen Teil ihres Taschengeldes: »Geh dir was Schönes kaufen«, sagten sie, »vielleicht eine Baseballkappe.«

Ganz unten

Nach wochenlanger Flirterei und Rederei war Tom mit seiner Anita endlich dort angelangt, wo er hingesteuert hatte. »Sie liegt da, und du freust dich auf all die schlimmen

Taten, die den vielen Worten endlich folgen«, sagt er, und an seiner grimmigen Miene und dem vierten Wodka erahne ich, dass die Nacht nicht nach Plan verlaufen ist. »Man liebkost ihren Hals, und sie flüstert: ›Weiter unten.‹ Man denkt: Klar doch, gerne, und tastet sich zu ihrem Busen vor. Sie sagt: ›Weiter unten.‹ Super, denkt man, die verliert keine Zeit, und steuert auf den Bauchnabel zu. Sie sagt: ›Viel weiter unten.‹ Und man streichelt und denkt plötzlich: Jetzt bin ich aber schon am Ziel vorbei. Oder besitzt sie etwa zwei solcher Teile? Etwas konsterniert fährt man an der Kniekehle vorbei und kommt sich vor wie damals als siebzehnjähriger Tramper in der Halbwüste auf der Suche nach der Jugendherberge. Hier kommt nicht mehr viel, denkt man, hier ist Pampa, keine Bushaltestelle, keine Herberge, schon gar kein Nachtklub. Und als man schleunigst wieder nach oben in die Zivilisation gelangen will, stöhnt sie lustvoll auf und sagt: ›Ja, genau da! Mir ist so kalt an den Füßen.‹ Und was tut man Depp? Man massiert, knuddelt und rubbelt stundenlang ein paar Füße.«

Tom bestellt den nächsten Drink. »Wieso könnt ihr am Tag keine Socken tragen, damit ihr abends warmgelaufen seid für anderes?« – »Das ist, als klebte man den Männern tagsüber das Maul zu, damit sie abends mehr Worte für ihre Frauen übrig haben«, sage ich. »Man sollte den Frauen Heizungen einbauen.« – »Oder den Männern mehr Hände anschrauben. Dann könnten sie überall synchron massieren.« – »Gute Idee.« – »Wenn du schon dabei bist, dann montier ihnen auch gleich fünf zusätzliche Stimmbänder, damit sie gleichzeitig schnauben und Antwort geben können, wenn man sie etwas fragt.« – »Okay. Aber ich bin handwerklich unbegabt.« – »Vermutlich träumen Frauen deshalb so oft von verschwitzten Handwerkern.« – »Verstehe«, sagt Tom,

»Handwerker im doppelten Sinn. Reden die auch mehr als andere?« – »Ganz und gar nicht. Aber sie schrauben uns die Sicherungen raus, bevor sie ans Werk gehen. Da spüren wir erstens unsere kalten Füße nicht und reden zweitens auch gar nicht mehr.«

Riccardo verlernt Deutsch

»Musse lerne elegante Sprache, bitte«, sagt Riccardo und legt ein dickes Wörterbuch auf den Tisch. »Aber das ist der Fremdwörterduden.« – »Egale. Sowieso de Deutsch für mich isch totale fremde Sprach.« Schade, dass es keinen Logikduden gibt. Die dumme Ziege vom Sozialamt habe schon wieder geschimpft, sein Rückenschaden sei »stimuliert«, weshalb er ihr eins auswischen wolle, zur Abwechslung mit Worten statt wie bisher mit Taten, die er aber nur den männlichen Beamten zuteil werden lässt. Er schlägt keine Frauen. »Vielleicht sind Fremdwörter gar nicht so schlecht«, sage ich, »man wirkt umso gebildeter, je unverständlicher man daherredet.« So ganz stimmt das nicht, denn Riccardo spricht bereits unverständlich, ohne dass man ihn einer übermäßigen Bildung verdächtigen könnte. »Lass uns bei den Tiernamen anfangen!«, sage ich, da ich finde, dass der lateinische Esel und seine Freunde im Gespräch mit Beamten gute Dienste leisten würden. Riccardo ist unzufrieden. Er will etwas Menschlicheres. »Gut, wie wär's mit Krankheiten? Morbus Bechterew, Diskushernie? Alles schöne Ausdrücke, die dich zusammen mit einer Brille zum intellektuellen Profi-Opfer und die Sozial-Tussi sprachlos machen.« Riccardo guckt leidend, auch ohne Brille. »Bitte, etwas mit menschliche Zwischenkontakt.« –

»Es geht gar nicht um Rente und Rücken, nicht?« Riccardo grummelt etwas, das wie Altgriechisch klingt, bis sich das Wort »Elisa« herausschält. Er wolle vor seiner reichen und gebildeten Bekanntschaft mit gewählter Ausdrucksweise glänzen. »Natürlich! Es geht um männliche Prahlerei! Einige protzen mit geliehenen Autos, andere mit geliehenen Frauen, und du willst mit Wörtern um dich schmeißen, die du eben noch für ›total schwulerisch‹ hieltest.« Neben Elisas belesenen Freunden komme er sich vor wie ein Haustier, sagt Riccardo kleinlaut, etwas, das nicht richtig sprechen könne. Und er habe es satt, immer nur der lustige Bauarbeiter zu sein, über den alle lachten.

Das überzeugt mich. »Aber wehe«, sage ich, »wehe, wenn du das Vokabular Annerösli gegenüber benutzt. Frauen riechen den Betrug im Detail: Plötzlich liebt er andere Musik, andere Gewürze, andere Stellungen oder eben: neue Wörter.« – »Goffertelli!«, sagt Riccardo beeindruckt, woher ich das nun wieder wisse. »Aus dem Intelligenzduden, aber der ist drei Meter hoch und fünf Tonnen schwer. Pures Gift für deinen stimulierten Rücken.«

Dreiecksverhältnis

Fatma und Hubert hüpften und tollten herum, die Bettfedern quietschten. Plötzlich stand Hubert auf, ging zur Wand und spuckte das Poster eines schnauzbärtigen Mannes an, das dort prangte. »Er hat mich fixiert«, sagte er. »Hubertchen! Das ist ein Star, der fixiert niemanden, er wird fixiert. Von Millionen Augenpaaren.« – »Wer ist er?« – »Burt Reynolds.« – »Ist er schon lange hier?« – »Seit Jahren. Er fiel Ihnen nie auf, weil Sie immer unten lagen und zur

Decke schauten.« Weil aber Hubert unter Fatma zu ersticken drohte, kamen sie überein, die Positionen zu tauschen. »Ist er ein früherer Liebhaber?« – »Ich war lange mit ihm zusammen, er leider nie mit mir.« – »Er oder ich.« – »Er.« Unter diesen Umständen verlangte Hubert, das Licht zu löschen, damit er den Rivalen nicht mehr sehe. »Aber Hubertchen, ohne Licht finde ich Sie Winzling nie und nimmer. Ich halte Sie für eine Bettlaus und zerdrücke Sie.« – »Kein Licht! Ich bin ein Einheimischer, und ich habe in diesem Land recht.« – »Ich bin groß und dick, und ich liege Sie platt.« Burt Reynolds lächelte milde. »Gut, machen wir's so«, sagte Fatma: »Das Licht bleibt an, und Sie tragen eine Augenbinde.« So machten sie es.

»Er sah recht albern aus«, sagt Fatma nun an meinem Küchentisch. »Da trägt einer nichts als einen schwarzen Balken vorm Kopf wie die Typen im Fernsehen, die Bäume geschändet oder die eigene Mutter geheiratet haben. Und ich musste ihn wie einen Blinden an die richtigen Stellen oder die Stellen unter seine Hände führen.« – »Auch nichtblinde Männer brauchen Führung«, sage ich. »Aber die massieren dir nicht die Knie und sagen: ›Was für feste Brüste!‹« Irgendwann, als Hubert Fatmas Bauchnabel entjungfern wollte, habe sie ihm die Binde vom Gesicht gerissen: »Es reicht! Wir machen es so wie alle anderen, oder wir lassen es.« Hubert starrte Herrn Reynolds an, Herr Reynolds lächelte zurück, schnurrbärtig, männlich, souverän. Hubert stand auf und zerriss das Poster in tausend Stücke.

Fatma drohte Hubert Trennung, Prügel und die Schändung seines geliebten Flieders im Garten an, wenn er nicht sofort anfinge, Burt Reynolds wieder zusammenzupuzzeln. Er weigerte sich. Und so schmiss Fatma das Hubertchen mitten in der Nacht aus der Wohnung.

»Ihr habt euch wegen eines Posters getrennt?«, frage ich. »Wegen seiner Eifersucht«, sagt Fatma, »ein eifersüchtiger Mann ist wie schimmeliges Brot. Die Fäulnis ergreift immer den ganzen Laib, und man muss ihn wegwerfen.« – »Und jetzt lebst du wieder enthaltsam?« – »Wo denkst du hin? Ich werde den Hubertchen im Hausflur abpassen und mich an ihm vergehen. Und natürlich liegt der Kleine dabei wieder unten und keucht um sein Leben.«

Der Zonk

»Ein netter, aber etwas träger Kerl«, hatte Heidi ihn mir beschrieben und pausenlos von ihm geredet. Später korrigierte sie das »träge« in ein »nachdenklich« und fügte dem »nett« ein »unterhaltsam« bei. Das »gutaussehend« verstand sich nach zwei Wochen weiblicher Schönrederei von selber. Und am Tag, an dem sie sich wiedersehen wollten, war aus dem Kerl ein athletischer Philosoph geworden, an dessen Seite Heidi nichts zu suchen hatte, weil sie zu dick, zu grob und zu alt war. Neue Kleider und Schuhe mussten her, die sie optisch länger und jünger und faktisch ärmer machten. Doch als sie ihn sah, meinte sie das Geräusch zu hören, das erklingt, wenn die Mitspieler einer legendären Rate-Show ihren angehäuften Gewinn durch eine einzige blöde Antwort wieder verlieren und stattdessen ein lächerliches Stoffungeheuer namens Zonk bekommen.

Offenbar hatte Heidis neue Bekanntschaft einen etwas schiefgeratenen Zwillingsbruder, und dieser Bruder saß jetzt an der Bar und lächelte ihr nervös entgegen. Aber eine Frau, die ein Vermögen in Seidenstrümpfe investiert hat, ist unter gar keinen Umständen bereit, sich zum Verlierer des

Abends zu machen. Heidi wollte kämpfen. Und so steuerte sie mit der Zielstrebigkeit einer Auftragskillerin und dem Aussehen einer Edelnutte geradewegs auf den Zonk zu. Kaum hatten die beiden ihre Drinks bestellt, sahen sie sich auch schon in ein großes Missverständnis und einen innigen Kuss verwickelt, »der aber bloß nett und träge war wie seine Worte.« – »Was? Wo kam denn der Kuss plötzlich her?« – »Eigentlich wollte ich nur sehen, ob die vielen Haare in seiner Nase echt waren. Und beim Betrachten und Zeigen der Nase kam man sich halt näher.« – »Obwohl neunzig Prozent aller Männer Nasenperücken tragen, finde ich deine Rechtfertigung reichlich seltsam«, sage ich. »Es erinnert mich an meine drei bescheuerten Cousins, die im Bordell landeten, weil sie sich die hübschen Gardinen von nahem ansehen wollten. Wie sie vom Fenster- zum Kissengucken übergingen, können sie bis heute nicht erklären.« – »Erklärungen gäbe es in meinem Fall einige«, sagt Heidi und sieht betreten zu Boden. Ich verstehe und bin entsetzt. »Wieso gehst du mit jemand ins Bett, der nicht einmal küssen kann?« – »Weil ich dachte, dass er das volle Programm vielleicht besser beherrscht.« – »Und?« – »Eine nette, aber etwas träge Nacht.« Klar doch. Was sonst?

Die beste Freundin

»Das Grauen hat einen Namen«, sagt Tom, »es heißt Claire.« Claire ist die beste Freundin von Anita, der jungen Dame, mit der Tom zurzeit ausgeht. »Die beste Freundin ist ein Konzentrat aus Schwiegermutter, Scharfrichter, Schlange und – in diesem speziellen Fall – einer Ente. Obwohl sie dich nie gesehen hat, weiß sie alles über dich, kennt deine

Vorlieben, deine Ausreden und Form und Farbe deiner Unterhosen. Sie hat all deine E-Mails mitgelesen, all deine unbedacht geäußerten Worte wurden ihr zugetragen und so lange gewendet, gedroschen und gehauen, bis du als das dastandest, was du im Kern bist: ein egoistischer Sack mit niederen Zielen. Oder mit einem Wort ausgedrückt: ein Mann.«

Tom wusste von Claire nur Vages, zum Beispiel, dass »sie so eine Lustige und Gescheite« sei. »Warum findet die bloß keinen Mann?«, fragten sich Anita und ihre Freundinnen immer wieder. Als Tom Claire sah, dachte er: »Ich könnte euch die Gründe für ihren Männermangel schon aufzählen, wenn ihr so lange Zeit habt. Hier nur ein Hinweis: Welcher Mann zeigt sich gerne mit einer Karikatur von Donald Duck im Arm?« Sie watschle und quäke schlimmer, als der es je tun könne. Natürlich hielt Tom die Klappe und lächelte, während Claires Blick ihn durchbohrte, als wäre er ein bekennender Tierschänder oder Hunde-Esser, also einer, den man in spätnächtlichen Fernseh-Talkrunden sehen, aber keinesfalls im eigenen Bekanntenkreis dulden will.

»Gib zu, dass du meine Freundin betrügst, du Schwein«, schien Claire zu denken, »das werden wir dir schon noch austreiben.« Und sie rückte ihre neue Brille zurecht, von der alle Freundinnen behaupteten, dass sie ihre Augen viel größer erscheinen lasse. Tom dachte: »Dummerweise lässt sie auch den Arsch größer erscheinen. Sie muss lange nach so einer Brille gesucht haben.« Toms Gedanken erahnend, guckte Claire so beleidigt, als hätte er gierig lechzend Ketchup und Salz auf ihren Hund geschüttet.

Natürlich kommt Claire nun überallhin mit, aber Tom weiß schon, wie er sie wieder loswird: »Aus Mitgefühl für ihre Einsamkeit habe ich ihren Hintern auf den Namen

Karl der Große getauft. Damit auch sie endlich einen Mann hat, auch wenn's ein Riesenarsch ist.«

Wanderlust

Anneröslis Verdacht, dass Riccardo sie betrüge, war beständig gewachsen und hatte am Ende etwa die Größe der Dämonen erreicht, die Onkel Zülfü des Nachts besuchten. Unter dem Einfluss der Medikamente, die er nach seinem Schlaganfall nehmen musste, halluzinierte er; in besseren Tagen von der Fernsehschönheit Elif, die die Nachrichten nur für ihn las, in schlechteren von riesigen Gestalten aus dem Untergrund, die kamen, ihn zu holen.

Auch Annerösli sah Dinge, die nicht waren. Eines Morgens hatte sie auf Riccardos Bauch gesehen und gesagt: »Du hast abgenommen! Da kann nur eine andere Frau dahinterstecken.« Riccardo schwor, nicht abgenommen zu haben, schon gar nicht am Bauch. Denn sein Bauch sei in all den Jahren »eine Kollega« geworden, mit dem er lustige Dinge unternehme, vor allem Bier trinken, was beiden gefalle. Er log nicht. Er hatte nicht abgenommen, sondern unter Elisas Einfluss eine vorteilhaftere Haltung eingenommen, die ihn schlanker erscheinen ließ. Aber um Anneröslis Misstrauen zu ersticken, schlug er vor, eine schöne Wanderroute in Angriff zu nehmen, wo sie Zeit hätten für die Natur, für gute Laune, für sich. Sie könnten zum Beispiel einmal ums Viertel laufen, dazwischen in Nachbars Garten Würste braten und abends zurück vor den Fernseher. »Ich zeige dir, was Wandern ist«, sagte Annerösli und packte die Rucksäcke.

Riccardo keuchte den Berg hoch, vor sich die wackere Annerösli, und hasste die Natur, die Berge und am meisten sich selber. Nach den ersten paar hundert Metern begann Riccardo zu röcheln. »Du Simulant«, rief Annerösli, »ich merke doch, dass du spielst.« Sie hielt ihn an, die Aussicht zu bewundern und die Gemsen auf den Felsen zu fotografieren. Riccardo wollte die Aussicht lieber im Fernsehen bewundern, und Tiere gehörten auf seinen Teller, fand er. Annerösli ließ sich die Laune nicht verderben und fing an, Wanderlieder zu singen. An einem Brunnen sank Riccardo zu Boden, grünen Schaum vor dem Mund. Dass der von einer Vitamin-Brausetablette unter seiner Zunge herrührte, merkte Annerösli nicht. Sie bangte um sein Leben und gab sich die Schuld. Sie schleppten sich zur nächsten Kneipe, wo sie sich mit Bier erfrischten und ein Taxi kommen ließen, das sie zurückfuhr. Am Abend massierte Annerösli Riccardo den Rücken und tischte Pizza auf. »Von mire aus«, sagte der begeistert, »kann alli Wochenende mache Wandere.«

Jugendstil

»In einer Bar von einem netten Mann angesprochen zu werden, ist ja schon was«, sagt Heidi in ihren Kaffee hinein, »aber ein junger Mann ist etwas ganz anderes. Ich meine ein sehr junger.« – »Wie jung?« fragt Julia besorgt, und ich dopple nach: »Kann er schon laufen?« – »Nein, ich schiebe ihn im Kinderwagen vor mir her, während er versaute Gesten macht. Sprechen kann er auch noch nicht.«

Er war einundzwanzig, und sein Mut reichte gerade noch zur ersten Kontaktaufnahme, die in einem Kompliment für Heidis Ohrringe bestand. Danach sagte er: »Weiter weiß ich nicht.« Heidi half ihm auf die Sprünge:

»Du könntest mich fragen, ob ich oft hierherkomme.« –
»Kommst du oft hierher?« – »Nein. Jetzt musst du mich
nach Wohnort, Beruf und Musikgeschmack fragen«. Er:
»Machen das die alten Männer so?« Heidi: »Ja. Sie versuchen dabei, locker und gut gelaunt zu wirken.« – »Ich bin
eher der depressive Typ.« – »Ich auch. Ich mag lustige
nicht.« – »Schade. Ich mag lustige Frauen.« – »Dann musst
du jetzt gehen, bei mir gibt es nichts zu Lachen.«

Er ging aber nicht, »und obwohl wir nur über Depressionen und Neurosen sprachen, wurde der Abend sehr lustig«. Die Nacht offenbar auch, denn Heidi gähnt und bestellt den dritten Kaffee. »Er hätte mit jeder heimgehen
können und ging mit mir. Ist das nicht unglaublich?« Es ist
auch ärgerlich, weil mit uns immer nur Gestalten mitgehen
wollen, die obdachlos oder unglücklich verheiratet sind.
»So einer hebt alle Naturgesetze, die Frauen über dreißig
auf die hinteren Ränge verweisen wollen, auf«, sagt Heidi,
»und die Schwerkraft auch. Denn entweder hängt an mir
nichts runter, oder er wollte es nicht sehen.« Er habe gefunden, dass sie den Körper einer Neunzehnjährigen habe.
»Und wo ist jetzt das Problem?«, frage ich. »Habe ich etwas
von einem Problem gesagt?« Nein, aber Julia und ich haben
darauf gehofft. Heidi bezahlt und geht. Ihr Junger wartet.

»Das geht nicht mit rechten Dingen zu«, sagt Julia später,
als wir allein sind, »Heidi sieht nicht besser aus als wir.
Trotzdem gerät sie immer an männliche Antifaltencremes,
während die übrige Frauenwelt sich mit Gestalten abgeben
muss, die einen behandeln, als hätten sie einen vom Wühl-
tisch abgestaubt.« – »Vielleicht ist er geistig zurückgeblie-
ben«, sage ich. »Oder halb blind«, schlägt Julia vor. Und
dann sagen wir fast gleichzeitig: »Er ist jung, und er braucht
das Geld.« So muss es sein.

Der Heuler

»Ein Mann, der im Kino weint, ist wunderbar«, sagt Julia, »auch an Beerdigungen sind wässrige Männeraugen akzeptabel, sofern es sich beim Verstorbenen nicht um seinen Hamster handelt. Aber wenn ein Mann mitten in einem Streit in Tränen ausbricht, dann ist das Erpressung.«

Julia und Gert flanierten ziellos durch Kleidergeschäfte, als er auf einmal meinte, er müsse bei ihr einziehen, »natürlich nur vorübergehend«. Sein Dachzimmer sei gekündigt worden, und bis er etwas Neues gefunden habe, was er sich als Student leisten könne, werde er bei ihr wohnen. »Das geht etwas schnell«, sagte Julia, »Zusammenwohnen will gut überlegt sein. Da sieht man jedes Zahnloch vom anderen, und Launen und Arschbacken müssen aneinander vorbei.« – »Was hast du gegen meine Arschbacken?« – »Nichts«, log Julia, denn sie fand sie schwabbelig, was sie ihm bei passenderer Gelegenheit sagen wollte, »ich habe nur etwas gegen überstürzte Handlungen.« Gert hielt sich am Kleiderständer fest und sagte mit zittrigem Kinn: »Du stehst nicht zu mir«, und bevor sie etwas entgegnen konnte, schluchzte er in die Sommerkleider hinein. Die Verkäuferin eilte herbei und sagte, dass sie die Kleider kaufen müssten, wenn sie sie beschmutzten. »Keine Sorge, er ist nicht geschminkt und hinterlässt kaum Spuren«, sagte Julia, aber der Kleine rotzte schon die T-Shirts voll. Sie nahm ihn in den Arm, »dabei hatte ich Lust, ihm eines in die Fresse zu hauen, damit er auch einen Grund hat für die Heulerei. Soll er doch ins Frauenhaus.« Sie trinkt ihr Bier aus und sagt: »Egal, was wir über Männer und Gefühle sagen, aber Weinen ist unsere Domäne. Tief innen wünschen wir uns einen, der uns im Streit an seine Brust drückt und sagt: ›Es wird alles gut. Du weinst jetzt mal eine Runde, und ich halte dir so lange die Löwen und Barbaren vom schönen Leib.«« Das scheitert bei Gert und Julia schon daran, dass sie ihn um einen Kopf überragt. »Und wie wir so umarmt im Geschäft stehen, sehe ich über ihn hinweg die spöttischen Blicke der Verkäuferinnen, die jetzt zu dritt da standen, und zu sagen schienen: ›Oh, ein Drei-Minuten-Ei erwischt?‹«

Jetzt ist er bei ihr eingezogen, und Julia denkt jeden Morgen darüber nach, die Schlösser auszuwechseln und einen Hünen als Türsteher zu engagieren, der ihn abends mit den Worten empfängt: »Hallo, Kleiner, deine Mami wohnt nicht mehr hier, aber wir beide gehen uns jetzt den Keller ansehen, wo ich Spielsachen für dich habe.« – »Und warum tust du es nicht?« – »Weil ich keinen Keller habe.«

Wein, Weib und Bob Dylan

Es hätte uns kein bisschen irritiert, wenn Heidi mit hellerem Lachen, kürzerem Röckchen oder Wangenimplantaten angekommen wäre, all jenen Dingen, die Frauen sich aneignen, wenn sie plötzlich einen viel zu jungen Mann spazieren führen. Was uns beunruhigt, ist, dass Heidi nichts dergleichen tut oder hat. »Und dich stört nicht, dass man dich überall für seine Mutter hält?«, frage ich. »Doch«, sagt Heidi, »aber ich besuche eine Selbsthilfegruppe für pädophile Mamis.« – »Und worüber redet man mit einem Minderjährigen?« – »Übers Taschengeld und über Spuckwettbewerbe«, sagt Heidi, »und überhaupt: Worüber redet ihr mit euren alten Säcken?« – »Bitte, schließ mich nicht ein«, sage ich, »nur Julia hatte mal einen alten Sack.« – »Jetzt mal ehrlich«, sagt Heidi, »das, was ihr erbauliches Gespräch mit einem reifen Herrn nennt, ist in Wahrheit nichts anderes als ein Referat. Sein Referat. Und je älter der Mann, desto länger der Vortrag. Über Geschäftspolitik, den Genitiv, über Bordeaux und Bob Dylan.« – »Was hast du gegen Bob Dylan?«, frage ich. »Und Bordeaux finde ich wichtig«, sagt Julia. »Blabla«, sagt Heidi, »gesammeltes Pseudowissen, das vom schwindenden Haar und vom wachsenden Ranzen ablenken soll. Diese verbale Schwanzprothese, präsentiert an noblen Restauranttischen, kann mir gestohlen bleiben. Stattdessen gehe ich in laute Kellerbars und trinke Bier aus der Flasche.« – »Auch lebenserfahrene Männer trinken gerne mal ein Bier aus der Flasche«, sagt Julia. »Ja«, sagt Heidi, »sofern das Gebiss mitmacht. Und manche können mit ihren Glasaugen jonglieren, was allen Freude bereitet.« – »Einige Alte können gut zuhören«, sage ich, weil ich das Gefühl habe, Julia zu Hilfe kommen zu müssen, »irgendwo auf einer Pazifikinsel gibt es einen exotischen Stamm von Methusalems mit vergrößerten Ohren.« – »Es gibt nur eine Sorte von alten, gebildeten Herren, die jüngeren Damen zuhören, ohne sie dauernd zu belehren: die Herztoten«, sagt Heidi, »und sogar die geben noch einen letzten Rülpser von sich, wenn man wagt, ihnen zu widersprechen.« Da mag Heidi recht haben. Sie fährt fort: »Aber wenn's euch tröstet: In einigen Jahren wird auch meiner Wein und Wissen horten und einflussreiche Freunde, einen Bauch und Verbaldiarrhö kriegen. Bis dahin kann er meine Cellulitis absaugen und mich Mami nennen.« Was uns daran irritiert, ja sogar ärgert, ist: Heidi hat gar keine Cellulitis.

Kinderprogramm

»Max ist der Schwierigste von allen«, hatte Baba gesagt,
»manchmal möchte man ihn aussetzen.« Während die übrigen vier Kinder sich widerstandslos ins Familienauto be-
gaben, um sich zu den Großeltern bringen zu lassen, legte
sich Max auf den Boden und schrie: »Hilfe! Meine Eltern
misshandeln mich!« Bevor er die Details in die Nachbar-
schaft hinausbrüllen konnte, bot Baba ihm ein Alternativprogramm an. Das Alternativprogramm war ich. Und so
standen Max und ich uns an diesem sonnigen Nachmittag
gegenüber.

»Wir könnten aufs Riesenrad«, schlage ich vor. »Ich hasse
Riesenrad.« – »Dann vielleicht Abenteuerspielplatz?« –
»Kinderkram.« – »Gut, dann gehen wir Pizza essen.« – »Ich
mag keine Pizza.« – »Alle Kinder mögen Pizza.« – »Ich aber
nicht. Und du bist langweilig.« – »Gut, wir gehen in die
Ausstellung über altetruskische Handschriften und danach
in eine Vorlesung über Wittgenstein. Dazwischen können
wir Spinat essen gehen und abends ein paar Wodkas kip-
pen.« – »Ich will ins Kino«, sagt er. »*Bambi, Asterix*?« – »Pornos.« – »Du hast sie nicht alle. Weißt du, was Pornos sind?«
Er grinst. »Langsam verstehe ich, wieso deine Eltern dich
abgeben wollen. Ein Wunder, dass sie dich nicht einschläfern lassen.« Wir gehen durch die Stadt, und er mustert
mich von oben bis unten. »Du wärst gar nicht so hässlich,
wenn du einen Minirock anziehen würdest«, sagt er. »Wie
bitte?« – »Dann schaut man auf deine Beine und nicht auf
dein Mondgesicht.« – »Meine Beine gehen einen sieben-
jährigen Sexisten erst mal gar nichts an.«

Ich hasse ihn. Er hat sein ganzes Leben noch vor sich.
Vor einem Striplokal bleibt er stehen. Voller Abscheu be-

trachte ich ihn, wie er da steht, auf den Zehenspitzen, vor dem Schaufenster mit den nackten Tänzerinnen. »Warte, ich halte dich hoch.« – »Immer diese Ausländerinnen! Wir haben doch auch nette Mädchen.« – »Ach so, auch noch Rassist.«

»Weißt du, wieso du auf mich aufpassen musst?«, fragt er, als wir am See entlanggehen. »Deine Eltern haben einen Scheidungstermin«, sage ich, »sie streiten darüber, wer dich übernehmen muss. Wenn sich keiner freiwillig meldet, geben sie dich ins Tierheim.« – »Toll! Gibt's da auch Affen?« – »Du kommst zu den Hunden. Dort ist ein Platz frei. Letzte Woche nahm sich ein alter, blinder Rüde das Leben, indem er sich am Stacheldraht die Halsschlagader aufriss.« – »Ist das wahr?« – »Was?« – »Das mit dem Hund?« – »Natürlich.« Plötzlich hat Max Tränen in den Augen. »Er war alt«, versuche ich ihn zu trösten. Max heult los. Ich nehme ihn in den Arm, aber alle Versprechen, dass das Tier es im Himmel besser habe, nützen nichts. Max weint bitterlich um den toten Hund.

»Na, was habt ihr Schönes unternommen?«, fragt Baba am Abend, als ich Max nach Hause bringe. »Oh, wir haben uns sehr nett unterhalten, und später sind wir eine Pizza essen gegangen«, sage ich. »Wir sind jetzt Freunde«, sagt Max, drückt mir einen dicken Kuss auf die Backe, winkt sein ungelenkes Kindwinken, schnappt sich seinen roten Lastwagen vom Garten und rennt ins Haus.

Chürchüll ist tot

»Gert und ich haben uns getrennt«, sagt Julia, und Heidi und ich sehen so drein wie Tante Hülya, als Onkel Zülfü ihr eines Nachts mit feierlicher Trauermiene eröffnete: »Chürchüll ist gestorben.« – »Und deswegen schreckst du mich aus dem Schlaf?«, schrie Tante Hülya. »Dein Chürchüll ist seit vierzig Jahren tot!« Onkel Zülfü hatte angenommen, dass ein solch bedeutender Mann wie Winston Churchill viel länger zu leben im Stande sein musste als andere, weshalb er gewaltig erschrak, als er in den Spätnachrichten sein Grab sah.

Und so wie es jene Einzelnen gibt, die an das ewige Leben ihrer Idole glauben wollen, gibt es Doppel, deren Wunsch nach ewigem Paarlauf die Realität überwuchert wie der Efeu Churchills Grab.

Julia hat ihre Beziehung zu Gert schon so oft hinterfragt und wieder aufleben lassen, dass wir Übrigen diese Liebe für klinisch tot erklärt hatten. Und während Julia wieder einmal von Neuanfang sprach, saßen wir längst beim Leichenmahl.

Zu Beginn fühlten wir uns als Freunde bei jeder angekündigten Trennung verpflichtet, eine Meinung zu haben, Partei zu ergreifen, natürlich für Julia, da es einfacher ist, mit demjenigen mitzufühlen, der einem vor der Paarbildung näher stand. In nächtelangen Telefonaten redete man den eingeheirateten oder vielmehr eingeschleppten Teil schlecht, egozentrisch, weinerlich und im Ganzen etwas peinlich. So einer muss froh sein, überhaupt eine Frau zu haben, und erst noch eine von uns! Man tröstete, half, erteilte Rat und Abkanzelungen. Und man fühlte sich ein klein wenig verarscht, wenn die beiden tags drauf gemeinsam auf der Party erschienen. »Er hat sich entschuldigt. Da bin ich weich geworden.«

Wer entschuldigt sich bei uns? Wer verleiht uns den Orden für freundschaftliche Co-Trennungen? Unser Herz wurde hart. Mit der Zeit betrachteten wir das jeweils frisch versöhnte Paar wie eine Bulimikerin beim Essen: Man wartet auf den Moment, wo sie das Zeug wieder rauskotzt.

»Diesmal ist es endgültig«, sagt Julia. »Dann sei froh, dass du das Weichei los bist«, sagt Heidi. »Das Weichei ist mich los, er hat mich verlassen«, sagt Julia. Das ist so, als hätte Churchill mit neunzig noch schnell Selbstmord begangen, mangels Perspektiven. Julio habe sich beim Singen und Musizieren in der Unterführung eine neue Passantin angeflötet, bei der er nun eingezogen sei. »Dann genieß das Leben«, sagt Heidi: »Jetzt bist du wieder auf dem Markt.« – »Dumm nur, dass ich die Spielregeln verlernt habe.« – »Es gibt keine Regeln. Man improvisiert drauflos. Freestyle.« Hoffentlich ergeht es Julia nicht wie Onkel Zülfü, der, um seine Trauer um Chürchüll auszutreiben, zum ersten Mal in seinem Leben eine Disco besuchte und dort so unkoordiniert auf der Tanzfläche herumzuckte, dass man ihn für einen Epileptiker hielt und ins Krankenhaus brachte. Danach war sein Verhältnis zu Churchill etwas getrübt.

Hüsnü wird integriert

Die Katze hatte die ganze Nacht vor Fatmas Wohnung gelegen. Einsam, wie sie war, nahm Fatma das Tier auf, fütterte es, setzte ihm lustige Schleifchen auf und gab ihm den Namen Hüsnü. Bald fühlte sie sich gebraucht, was fast so gut ist wie geliebt. Eines Tages klebte ein Zettel an der Tür:

»Tierhaltung untersagt!« Hubert und Fatma kommunizierten seit ihrer Trennung nur noch schriftlich. »Ich halte diese Katze nicht«, schrieb Fatma zurück, »sondern sie mich. Sie ist mir zugelaufen.« – »Dann Kündigung der einen und Ertränkung der anderen«, schrieb Hubert fein säuberlich, und es klang endgültig.

»Mit Hubertchen sollte man nicht spaßen«, sagte Fatma zur Katze, »also pack deine Sachen und geh.« Die Katze schmollte. Am Abend saß sie nicht mehr vor Fatmas Wohnung, sondern eine Etage höher, vor Huberts. Der wusste, dass schriftliche Drohungen bei Katzen wenig ausrichten. »Gehen Sie! Sie sind in diesem Haus verboten«, sagte er. Um Fatma zu ärgern, für die seine Penibilität mit ein Trennungsgrund war, siezt Hubert sogar Haustiere. Die Katze aber blieb, hungrig, traurig. Da wurde Hubert weich. »Na gut, aber Sie müssen sich an die Hausordnung halten. Keinen Lärm nach 22 Uhr, keine Fahrräder im Flur. Und Sie essen, was ich esse.«

»Wieso hockt Hüsnü vor einer stinkenden Kohlsuppe?«, schrie Fatma, als sie von der Arbeit kam. »Hat das arme Tier nicht schon genug durchgemacht?« – »Wenn er bleiben will, muss er sich integrieren«, sagte Hubert, »und ab sofort heißt er Schnurrli.« – »Ich zeige Ihnen gleich Schnurrli«, sagte Fatma, »und wenn die Katze schon im Haus bleibt, dann bei mir.« Sie nahm das Tier unter den Arm und brachte es in ihre Wohnung. Ihr Herz pochte. So ein langes Gespräch hatten sie und Hubert seit der Trennung nicht mehr geführt. Sie tat das, was sie immer tut, wenn sie aufgeregt ist: Sie rief mich an.

»Und was willst du mit einer Katze?«, fragte ich am Telefon. »Keine Ahnung, aber das Hubertchen macht mir den Hüsnü sonst noch ganz kaputt.« – »Ihr solltet euch auf ein geteiltes Sorgerecht einigen. Eine Woche als Schnurrli mit Kohlsuppe und Bratwurst, eine Woche als Hüsnü mit Köfte und Hummus.«

Das taten sie, und es klappe gut, berichtete Fatma einige Wochen später am Telefon. »Wir übergeben das Tier jeweils pünktlich und in sauberem Zustand.« – »Gibt es eigentlich Schizophrenie bei Katzen?«, fragte ich. »Hüsnü-Schnurrli ist nicht schizophren«, sagte Fatma, »er ist Doppelbürger.«

Vom merkwürdigen Verhalten der Borkenkäfer

»Früher war doch klar, wie's ging«, sagt Heidi, »die kleinen Jungs schauten uns unters Röckchen, wir schrien und verjagten sie, sie kamen und schauten wieder. So stritt man munter weiter, die Worte wichen den Fäusten, bis man eines Tages nahtlos vom Prügeln zum Knutschen überging. Das uralte Spiel, das sogar Borkenkäfer beherrschen: Er wirbt, sie ziert sich, bis sich die Spannung in explodierender Zuneigung entlädt. Aber was der Mann im Miniformat noch weiß, kommt ihm in ausgewachsenen Jahren offenbar abhanden.«

»Ich kenne keine Borkenkäfer«, sage ich, »und ehrlich gesagt bin ich froh, wenn mir keine unters Röckchen geraten.« – »Wenn du heute einem Mann spaßeshalber die kalte Schulter zeigst, setzt er zu einem Referat an, in dem er dir darlegt, wie eingebildet du bist und dass er sowieso keinerlei Absichten hatte, ›sondern nur Mitleid, weil so eine wie du bestimmt keine Verehrer hat, ich selber aber schon lange eine Freundin, die zum Glück nicht so kompliziert ist wie du. Denn Frauen wie du werden nie einen

Mann finden, nie, Madame!‹ Und du denkst: Wahrscheinlich ist seine Freundin eine Grünpflanze auf Hydrokultur. Gießen, wenn Anzeige bei null. Ansonsten anspruchslos. Er aber schlägt nach seiner Ansprache demonstrativ die Zeitung auf, bestellt fünf Drinks, die er alle gleichzeitig hinunterstürzt, und dabei setzt er diesen vorwurfsvollen Blick auf, der fragt: Und wer bezahlt jetzt meine Therapiekosten?«

»Aber wenn wir sie mit Sätzen wie ›Wenn eine Frau nein sagt, meint sie auch nein‹ fehlerzogen haben, brauchen wir uns doch nicht zu wundern, wenn sie uns auch wie Grünpflanzen behandeln«, sage ich. »Blödsinn!«, sagt Heidi, »einen Mann probehalber abzuweisen, ist nicht nur das Recht einer Frau, es ist ihre Pflicht. Wie soll sie sonst wissen, wie ernst er es meint? Ob er genug Selbstvertrauen besitzt, um ihre Ausbrüche im späteren Zusammenleben mit männlicher Souveränität und Gelassenheit abzufedern, oder ob er jedes Mal umfällt, wenn sie laut niest?« – »Okay, aber was, wenn es keine knackigen Borkenkäferchen sind, die uns unters Röckchen kriechen, sondern fettgesichtige Manager und sonstiges Ungeziefer?« – »Für den Fall gibt es Insektizid in Form verbaler Giftspritzen. Damit schicken wir die endgültig zum Teufel oder in eine geschlossene Therapie-Anstalt und lassen uns in der Zwischenzeit anständig wässern, düngen und von Nützlingen besiedeln.«

Möckli, die Tunte

Schade, dass ich die Szene verpasst habe. Annerösli muss getobt haben wie die Fußballmannschaft, der Onkel Zülfü heimlich Zierpaprika ins Essen gemischt hatte und die daraufhin mit brennenden Hintern ein Tor nach dem anderen schoss, allen voran sein Sohn.

Jedenfalls hat Annerösli Riccardo aus der Wohnung geschmissen, und der sitzt jetzt bei mir. Ein männlicher Schutthaufen. »Was ich soll mache?« – »Fragst du mich Mauerblümchen um Rat in Liebesdingen? Genauso gut könnte ich deinen Blinddarm operieren.« Bisher hatte Riccardo Anneröslis Verdacht mit der Behauptung, dass er sich regelmäßig mit mir treffe, gut beschwichtigen können, da mich Annerösli als Frau nicht ernst nimmt. Aber natürlich musste seine Zweitliebschaft früher oder später auffliegen, und natürlich war Dackel Möckli der Verräter. Bei Riccardos letztem Rendezvous mit Elisa stieß Möckli deren Parfumflacon um und suhlte sich in der Pfütze. »Nachher hat stinke wie eine Bordello.« Annerösli musste nur einmal an ihm schnuppern, um Alter, Aussehen und soziale Schicht der Nebenbuhlerin bestimmen zu können. »Der alten Millionärsschlampe verknote ich die Gichtglieder überm Kopf!«, schrie sie, und die feuchte Hennapaste in ihren Haaren fiel in Klumpen zu Boden, wo Möckli neugierig daran roch und eine rotgefärbte Nase bekam. Jetzt wirkte er endgültig wie eine Tunte.

Riccardo schweigt und hasst sich selber. Wie heitert man einen pensionierten Bauarbeiter auf? »Sollen wir Ziegelwerfen spielen? Oder Beton mischen?« Vorschlag Nummer drei gewinnt: Wir gehen in seine Stammspelunke und trinken Bier inmitten der anderen Sozialfälle.

»Schau dich um«, sage ich, »lauter Männer, die es nicht besser haben als du. Ihre Frau ist weg, das Konto leer, und einer hat nur noch ein Bein. Ist die Welt nicht trotzdem schön? Es kommen bessere Zeiten und bessere Frauen.« – »Scheißedräck!«, sagt Riccardo, »Mann und Frau isch immer Scheißedräck. Machsch du ein klein Problem kaputt, komme morgen zurück mit alle groß Cousin und Onkle.« In grammatisch unorigineller Form könnte der Satz von mir sein. »Hast recht«, sage ich kapitulierend, »Frauen und Männer sind nicht fürs Zusammenleben gemacht.« Wobei Haustiere offenbar auch nur Probleme machen. »Bleiben nur noch Pflanzen.« Womit wir wieder beim Zierpaprika wären. »Komm, wir gehen ins Gartencenter«, sage ich. »Gutt«, sagt Riccardo, »und nachher Baumarkt. Bastelen zusamme Mauerblumeli.«

Rückfall

»Bin ich charakterschwach?«, fragt Julia, »ich ernähre mich ungesund, zum Sport muss ich mich zwingen, und auf Partys will ich ein einziges Glas trinken, und es werden fünf.« Heidi und ich ahnen, dass es ihr nicht um Sport und Getränke geht. Julia rückt raus: Die Trennung von ihr und Julio alias Gert sei zuerst in beider Sinn und die Gute-Freunde-Vereinbarung keine Floskel, sondern heiliger Vorsatz gewesen. Doch in den folgenden Tagen habe sie auf reumütige E-Mails gehofft, in denen er sich selber einen ignoranten Hornochsen und sie das Gegenteil davon nennen würde, was immer das war, und sie um Verzeihung bitten würde für die gemeinsam verbrachte Zeit. Aber sie bekam nur Zuschriften von Amerikanern, die ihr Glied verlängern wollten.

Als Gert nach Wochen weder geschrieben noch angerufen und Julia in ihrer Verzweiflung beinahe der Gliedverlängerung zugestimmt hatte, beschlich sie ein Verdacht. Konnte es sein, dass er sie kein bisschen vermisste? Sie rief ihn an: »Ich hatte schon Angst, du könntest einen Autounfall gehabt haben, so zerstreut, wie du manchmal fährst.« Doch es ging ihm prächtig, und in der guten Laune einigten sie sich auf ein gemeinsames Essen, ungezwungen, als Freunde. Zu ihrem Erstaunen erschien er im Anzug. Sie trug teurere Schminke, als sie sich leisten konnte. Beide hatten sich auch charakterlich herausgeputzt: Er war so aufmerksam wie sonst zu neuen Studienkolleginnen, sie kramte aus den Auslagen der inneren Werte Luxusgüter wie Toleranz und Gelassenheit hervor. Hätte er ihr Ausrutscher mit blondierten Silikonkissen gestanden, hätte sie lachend gefragt: »Quietschen die Dinger eigentlich, wenn man sie drückt?« Sie wollten einander vor Augen führen, wie falsch sie sich in ihrer Beziehung eingeschätzt hatten. Auch im Bett. In dieser Nacht fand er ihre richtigen Stellen ohne jede Navigationshilfe, sie spielte die Ekstase besser als sonst. Es war eine Meisterdarbietung, mit der sie zu sagen schienen: »Schau, was dir in Zukunft entgeht!« Am Morgen aber sagte er: »Von jetzt an bitte wirklich nur noch Freunde, okay?« Und ging.

»Jetzt fühle ich mich wie der billige Drei-Liter-Rotwein, mit dem ein trockener Alkoholiker rückfällig wurde«, sagt Julia. »Wäre es sehr schwach von mir, wenn ich noch einmal mit ihm ins Bett ginge, damit ich ihn verlassen kann?« – »Im Gegenteil«, sagt Heidi, »sag einfach nicht ›Prost‹, wenn du kommst.«

Zuhälter und Tütenhalter

»Ich sollte wirklich Ernst machen und nebenbei als Hure jobben«, sagt Baba, »dann hätte ich Geld und Sex und eine Menge Spaß.« Da diesem Vorhaben sowohl ihre Moral als auch ihre Ehe im Weg stehen, gibt sie als Zwischenlösung das Geld ihres Mannes in den teuersten Boutiquen der Stadt aus. Dabei studiert sie die männliche Begleitung der anderen Kundinnen. »Mein Gott, wo werden bloß diese kastrierten Tütenträger gezüchtet? Schau mal dort: Kaum ist sie in der Kabine, starrt er hungrig hierher. Er meint dich, übrigens.« – »Mich meint keiner. Schon gar nicht, wenn du neben mir stehst«, sage ich. »Er glotzt dich an«, sagt Baba und verschwindet in der Umkleidekabine. Ich schiele hinüber. Der glotzende Mann ist Riccardo.

Riccardo war einst ein stolzer Teilinvalider, der seine reichlich vorhandene Freizeit sinnvoll zu verbringen wusste: Bier saufen, fernsehen, meine Verehrer verscheuchen. Jetzt muss er Bulldogge und Einkäufe seiner reichen Elisa hüten. Im Schutze von Kleidern, die wir begutachten, nähern wir uns einander, bis wir Schulter an Schulter stehen. »Was suchst du hier?«, frage ich leise, »und was ist das für ein grässlicher Anzug, der dich zwanzig Jahre älter macht?« Genau so fühle er sich, sagt Riccardo. »Meine Leben isch totale Katastroff. Alles kaputt. Und was du mache?« – »Nicht viel. Depressionen, schlechtes Wetter, schlechte Zähne, kennst es ja.« – »Und de Moses?« – »Welcher Moses?« – »De von Film, du weisch?«, grinst er. Ich habe ihm neulich verboten, mich je wieder nach einem Hollywood-Oscar zu fragen. »Den Moses habe ich gewonnen, aber ausgesetzt. In einem Weidekorb.«

»Wie sehe ich aus?«, fragt Baba und stellt sich vor den Spiegel. »Wie eine Escortdame der obersten Preisklasse«, sage ich. »Dio mio, totale schöne Fräulein!«, sagt Riccardo und macht einen Bückling. »Riccardo, kennst du die Damen?« Elisa, steht auf einmal neben uns. »Hab gemeine, sind zwoi Verkauferin«, lügt er. »Jaja, eine gegenseitige Verwechslung«, sage ich, »ich hielt den Herrn für unseren italienischen Zuhälter. Sie tragen beide den gleichen Anzug.«

»Wer war denn der nette Herr?«, fragt Baba, als die beiden weg sind. »Niemand. Ein früherer Freund, der jetzt als Bügel- und Hundehalter für reiche Faltenwürfe jobbt.« – »Schade, als Zuhälter hätte ich den sofort engagiert.«

Sex am Arbeitsplatz

Leider ließ sich das Malheur nicht vermeiden. An diesem Morgen erscheint Riccardo etwas zu früh mit den Büchern unterm Arm zur Fremdwörterlektion, so dass er Elvis gerade noch sieht, wie er vom Schlafzimmer ins Bad huscht. Sofort streckt Riccardo ihn mit einem gezielten Hieb in den Nacken nieder, drückt ihn auf den Boden und ruft: »Willkomme in groß Familie, Sohn! Du musse Muslim werden und mache Beschneidigung. Sofort!« Bevor er sich ein Küchenmesser schnappen und Elvis partiell zerschnippeln kann, greife ich ein: »Lass gut sein, Riccardo. Elvis ist weder lästig noch Muslim, er ist Drehbuchautor.« Riccardo lässt los, und Elvis steht auf, benommen und kreidebleich vor Schreck. »Du mache Film?«, will Riccardo wissen, und Elvis nickt eingeschüchtert. Dieser Mann sei ein Hochstapler, flüstert Riccardo, der habe bestimmt keinen Moses, Jonas oder Umberto im Regal stehen. Ob er ihn nicht zumindest ein wenig ohrfeigen dürfe. »Nein, ich brauche ihn noch«, sage ich, »wir schreiben zusammen an einer Geschichte.« – »Goffertelli! Sexy mache an Arbeitsplatz isch nid gutt«, sagt Riccardo.

Natürlich habe auch er früher, wenn er in der brütenden Hitze einer Baustelle Steine schleppen musste, von hübschen Maurerkolleginnen geträumt, die sich oben ohne im feuchten Mörtel wälzten, Träumen sei schließlich erlaubt, aber wer sich an wehrlosen Kolleginnen vergehe, gehöre geschlagen und entmannt. »Ich gehe dann mal«, sagt Elvis. »Riccardo ist ein Lieber«, sage ich, »er will nur spielen!« – »Da bin ich ja froh«, sagt Elvis, »und kann ich wenn schon bitte zum Italiener konvertieren? Oder zum Bauarbeiter?« – »Gutt!«, sagt Riccardo, er werde aus der halben Portion einen ganzen Landsmann basteln. Ich weiß, was das heißt.

Einer meiner Verehrer, der vor Jahren versuchte, Riccardos Gunst mittels gönnerhafter Kumpelei zu erlangen, trug eine Pasta- und Biervergiftung davon. Noch schlimmer waren die Folgen des Wettkampfs im Ziegelzertrümmern, zu dem Riccardo ihn aufforderte. Dabei ließ Riccardo den Hammer, natürlich aus Versehen, öfter auf die Finger des vermeintlichen Grapschers und Sittenstrolchs sausen ließ. Deshalb sage ich zu Elvis: »An deiner Stelle würde ich Muslim werden. Das ist die weniger anstrengende Variante.«

Ende vom Ende

»Das ist kein Drehbuch, das ist ein geschriebener Porno«, sagt Heinemann und knallt das Buch auf den Tisch. »Mag sein«, sage ich, »aber so ist das wahre Leben. Mit viel Bums und Fallera.« – »Wieso haben Sie überhaupt Dialoge geschrieben, wenn da nur gefallerat wird?« – »Dirty Talking«, sagt Elvis, »so macht es mehr Spaß.«

Rita Lohser vom Fernsehen presst die Lippen aufeinander und wirkt noch trockener als sonst. »Was ist denn so schlimm daran, dass Viviana sich mit einem Mann amüsiert?«, frage ich. »Was schlimm daran ist?«, fragt Heinemann, »wir sprachen von einem reifen Intellektuellen, und Sie erfinden einen minderjährigen Surfer mit dem Stehvermögen eines Rocco Siffredi. Damit verschreckt ihr alle männlichen Zuschauer.« – »Und die Frauen erst«, sagt das Trockenfleisch, »was sollen all die Hausmuttchen vorm Fernseher denken, die keinen solchen Typ abkriegen?« – »Viviana kommt aus Bulgarien«, sage ich, »sie kann kein Deutsch, weshalb sie das, was der alte Intellektuelle so redet, sowieso nicht versteht und sich langweilt. Also macht sie ein paar lustige Turnübungen mit seinem Sohn.« – »Genau«, sagt Elvis, »der Sohn besucht nämlich seinen Vater auf Mallorca und wird von Viviana entjungfert. Mehrmals.« Das Trockenfleisch steht auf und geht im Raum herum. »Wir vom Fernsehen haben größte Bedenken wegen Ihres leichtfertigen Umgangs mit gesellschaftlichen Problemfeldern«, sagt sie, »eine Migrantin und ihr minderjähriger Stiefsohn in einem quasiinzestuösen Verhältnis. Und Sie beide schreiben das als Komödie.« – »Wir könnten einen Behinderten als Dildoschieber einfügen, das würde das Ganze schwerer machen«, sagt Elvis.

»Der Film ist gestorben«, sagen Heinemann und Lohser im Chor, »dieses Buch wird nicht verfilmt!« Es klingt wie ein Schuldspruch.

Ich sehe mich für den Rest meines Lebens Teller in Kantinen spülen. Mit dem Mut der Verzweifelten sage ich: »Viviana ist eine Identifikationsfigur für Millionen! Sie ist eine Frau, die über diese unmögliche Liebe zu sich selber findet. Alle Frauen werden sich in sie einfühlen können.« – »Und die Männer erst«, sagt Elvis und legt seine Hand wie zufällig auf meine. »Diese Viviana ist doch keine Identifikationsfigur, sie ist eine billige Schlampe«, explodiert das Trockenfleisch, »eines dieser dümmlichen Ostmädchen, die hierherkommen, um sich einen reichen Mann zu angeln. Dabei können sie keine zwei Sätze auf Deutsch sprechen. Damit fördern Sie den Rassismus in diesem Land!«

»Okay«, schlägt Elvis vor, »dann streichen wir alle Dialoge, machen ganz auf Körpersprache und geben den Film als Fitnessvideo heraus.« – »Genau«, sage ich, »das Video heißt: Turn dich fit mit Bibiana aus Vulgarien.«

Plötzliche Einsichten

»Ich hatte einen seltsamen Traum«, sagt Heidi, während ich mein letztes Drehbuch zuoberst auf den Stapel der unverfilmten lege, »ich träumte, dass ich als einsame Schrulle ende, die von ihren längst vergangenen amourösen Abenteuern berichtet, wie alte Männer vom Krieg.«

Ich vermute, dass die erneut anstehende Konferenz mit den Verleiherkollegen und die Privatgespräche mit selbigen ihre Schatten vorauswerfen. »Lass dich doch von den Rollmöpsen nicht so verunsichern«, sage ich, »die sind neidisch, weil du von der Front berichtest, während sie dienstuntauglich geboren wurden.« – »Ganz ehrlich«, sagt Heidi, »wäre es nicht besser, Haus und Hof zu haben, einem Mann den Rücken zu schrubben und Familienferien zu buchen?« – »Das kommt auf den Rücken des Mannes an«, sage ich und schnüre das Drehbuchpaket zusammen, »sieh dich als Vorreiterin einer weiblichen Lustmolchgeneration.« – »Es ist hart, die Erste zu sein«, sagt Heidi, »zumal man nicht weiß, ob die anderen nachfolgen. So wie im Orientierungslauf im Wald, wenn sie einen als Einzige in die falsche Richtung schicken und sich über einen amüsieren, wenn man zerzaust und fünf Stunden später am Ziel ankommt.« – »Wo ist hier ein Wald?«, frage ich. »Aber es stimmt: Wenn du all deine bisherigen Männer nebeneinander aufstelltest, sähen sie aus wie eine Baumschule. Oder wie eine seltsame Armee.« – »Wer will denn seine gesammelten Amouren aufgestellt vor sich sehen?«, fragt sie. »Na ja«, sage ich. »Vielleicht ergäben sich durch das geballte Auftreten der Männer plötzliche Einsichten, die man in der bloßen Vorstellung, die meistens vielmehr Erinnerung und also Verblendung ist, nicht hat. Man sähe zum Beispiel, dass man nach jedem Dünnen einen Sportlichen hatte. Oder dass auf jeden Zappeligen drei Phlegmatiker kamen.« – »Man sähe einfach, was für einen grottenschlechten Geschmack man hat«, sagt Heidi, »und man sähe die falschen Erwartungen, die Missverständnisse und die unlebbaren Zukünfte, die man am Anfang jeder Liebe so großzügig übersieht, bildhaft vorgeführt.« Ich stelle mich auf den Stapel Drehbücher und freue mich, dass ich nun bis zu den oberen Schrankfächern reiche.

»Leute, die sich früh an einen Partner binden, können sich zeitlebens einreden, im Grunde einen guten Geschmack zu haben, der sich mangels Gelegenheit nicht entfalten konnte«, sagt Heidi. »Solange du dich nicht mit dem Rollmops einlässt, ist dein Geschmack noch im Bereich des Tolerierbaren«, sage ich und steige vom Stapel. »Diesmal werden sie mich fertigmachen mit ihren Lamentos über die modernen Frauen«, sagt Heidi. Ich schneide das Paket wieder auf und reiche ihr das oberste Drehbuch: »Hier. Das hilft dir, falls dich die Herren in eine schwierige Situation bringen.« – »Und wie kommst du jetzt an die oberen Schrankfächer?« – »Lass mal«, sage ich, »dort lagern die Sommerkleider, und die brauche ich jetzt nicht mehr.« Heidi blättert im Drehbuch, an dem Elvis und ich monatelang geschrieben haben. »Warum soll ich es lesen, wenn es

so schlecht ist?« – »Nicht zum Lesen, meine Liebe. Hau
es den Rollmöpsen kräftig um die Ohren, wenn sie dir
blöd kommen. Dann hat das Buch wenigstens einen guten
Zweck erfüllt.«

Lieber Leser

Es ist Zeit. Wir sollten uns verabschieden, bevor wir uns auf
die Nerven gehen, bevor wir aneinander jene Angewohn-
heiten und Eigenarten entdecken, die wir zu Beginn jeder
neuen Bekanntschaft sorgsam zu verbergen suchen und die
irgendwann doch offenkundig werden.

»Nicht doch!«, werden Sie einwenden, »wir gehen nicht,
bevor wir jene Geschichte bekommen, die man uns zu Beginn versprochen hat und deretwegen wir so lange ausge-
harrt haben, geduldig und stumm, obwohl wir mehr als
einmal Lust hatten, zu unterbrechen und Einwände zu er-
heben! Man tische sie uns jetzt auf.«

Bitte verstehen Sie mich nicht falsch. Ich habe Gründe,
sie Ihnen vorzuenthalten. Denn inzwischen ist mir klar, dass
Sie enttäuscht wären. Etwa so, als setzte ich Ihnen nach
einem üppigen und für meine Verhältnisse überraschend
gut geratenen Abendmahl zum Dessert eine Rübe vor. Verzeihen Sie das Beispiel, denn wie Sie längst ahnen, kann ich
nicht kochen.

»Papperlapapp!«, werden Sie sagen, »wir mit unseren
Pferdemägen vertragen auch rohe Rüben! Nur Mut und
munter draufloserzählt: Es war einmal. Oder waren's zweimal? Wer hat wessen Herz ausgerissen? Wer hat mit wem
die falsche Suppe gelöffelt? Wessen Stolz wurde gekränkt,
und gab es zum Schluß Brautpaare oder Leichen?«

Um Ihre berechtigte Neugier und Ihren Restappetit etwas zu stillen, will ich mit dem Ende beginnen: Wenn sie nicht gestorben sind. Wie sie sterben, sagt man uns nicht.

Lange Zeit hat man uns Kindern erzählt, Onkel Zülfü sei in Würde gegangen, indem er sich nach einem Streit mit Tante Hülya ins Bett legte, sich von ihr und der Welt verabschiedete und starb. Aber so war es nicht.

Nach dem zweiten Hirnschlag, der ihm die Sprache nahm, konnte Onkel Zülfü sich nur noch per Augenzwinkern verständlich machen. Die Nachbarn und Verwandten legten Tante Hülya nahe, sich mit ihrem Mann zu versöhnen, solange er noch einen Rest Leben in sich barg und zuhören konnte. Sie rieten ihr, ihm seine kleinen und großen Ausrutscher zu verzeihen und milde lächelnd die verbliebenen Tage, Wochen, Monate – wer wusste es genau? – als liebendes Paar zu verbringen. Aber Tante Hülya dachte nicht daran. »Verzeihen kann er sich selber«, sagte sie und zog unterm Bett eine Schuhschachtel mit Zetteln hervor, auf denen sie über all die Jahre seine Vergehen einzeln notiert und gesammelt hatte. Nun zählte sie seine Sünden auf, im sicheren Wissen, endlich unwidersprochen zu bleiben. Onkel Zülfü zwinkerte und zwinkerte, bat um Gnade, sie aber sprach weiter, als wäre sie das Jüngste Gericht. Drei volle Tage redete sie, und hätte man sie nicht zur Besinnung gerufen, sie hätte wieder von vorne angefangen. Wenn sie nicht gestorben sind?

Während ich Sie zur Tür geleite, Ihnen in den Mantel helfe – es ist kühler geworden – und wir im fahlen Flurlicht stehen, frage ich Sie: Wie viele Liebesgeschichten würden noch begonnen, wenn man deren Ende im Voraus kennte?

Glückskekse

»Was man loswerden will, soll man ertränken«, habe ich gestern zu Fatma gesagt, mich des Rituals erinnernd, mit dessen Hilfe sie und ich damals die Männer vergessen wollten. Jetzt wollte ich den Traum vom Filmen, Fatma hingegen ihren Hubert ein für alle Mal verabschieden. »Der Kleine bevölkert Tag und Nacht meine Gedanken, er hockt in der Waschküche, im Bad, in meiner Suppe und in meinen Träumen«, hat sie gesagt und sich meinem geplanten Seegang angeschlossen.

Und nun packe ich meine unverfilmten Drehbücher in zwei Papiertüten, alle außer dem letzten, das ich bei Heidi entsorgt habe.

Aber wie es so ist: Gerade hat man sich an eine unkomfortable Lage gewöhnt, sich in seinem Versagertum eingerichtet, klopft das Unvorhergesehene an die Tür und sagt: »Guten Tag, ich bin der Störenfried Ihrer Pläne, ich schleife Ihre Scheren und Messer und Ihr Gespür, falls Sie es nötig haben sollten. Wir sind eine große Familie, meine Cousins schon im Anmarsch, und geschärfte Sinne sind kein schlechtes Werkzeug im Umgang mit den Bastarden aus der Sippe der Unvorhergesehenen. Der eine bringt zu hohe Zahnarztrechnungen, der andere einen Todesfall, und einer von uns kommt mit Glückskeksen.«

Es klingelt, aber draußen steht nicht Fatma, sondern Elvis, die obligate Tüte mit Gebäck in seiner Hand schüttelnd: »Schokolade und Pistazie. Altes Rezept meiner Oma. Und weißt du es schon: Unser Drehbuch ist gekauft!« – »Wie bitte?« – »Deine Freundin Heidi hat unser Buch einigen Großverleihern untergejubelt. Die haben sich darum gerissen, und am Ende machte ein Typ das Rennen, der aussieht wie ein Rollmops. Ein hässlicher, aber fähiger Kerl.« – »Der Rollmops hat das Trockenfleisch und Heineman überredet, den Film zu drehen?« – »Ja! Das heißt, dass bald im ganzen Land in allen Kinos unsere *Bibiana aus Vulgarien* läuft!«

Das Telefon klingelt. Es ist Fatma: »Warte nicht auf mich, ich habe das Hubertchen schon ertränkt. Er kam vorhin mit Blumen und einem neuen Burt-Reynolds-Poster. Da habe ich ihn vor Wut in die Badewanne geworfen, wo er jetzt vor sich hinplätschert und mir den Rücken krault.« – »Verstehe.«

Elvis und ich sitzen bei Tee und Keksen. »Und was ist mit uns beiden?«, fragt Elvis. »Was soll schon sein?« – »Wir könnten es versuchen miteinander, richtig, ernsthaft.« »Ernsthaft? Zwei Komödienautoren?« – »Wir wären ein Superpaar! Stell dir vor: Wir schreiben die lustigsten Liebesgeschichten, tauchen auf Galapremieren auf und lassen uns bejubeln. Daneben zeugen wir eine Hundeschar und halten uns Kampfkinder. Was sagst du dazu?« – »Deine Glückskekse schmecken eigenartig.« – »Das Glück schmeckt immer eigenartig.« – »Kann es sein, dass das Rezept deiner Oma gar keines für Schokoladenkekse ist?« – »Wofür dann?« – »Für Scherzkekse?«

Ein Mann zum »selber sein«

»Du hast es geschafft, du kommst raus aus dem Mief hier«, sagt Baba unter Tränen. Es ist mein letzter Tag in der Kantine, und ich will Baba trösten, die seit dem frühen Morgen weint. Sie hatte Streit mit ihrem Mann. »Ich will, dass er sich bei mir entschuldigt« – »Wofür denn?« – »Dafür, dass er nicht netter zu mir ist, dass er mich geheiratet und mich schon wieder geschwängert hat.« – »Meine Güte! Das ist Kind Nummer achtundvierzig!« – »Genau. Und so sehe ich bald auch aus. Wie ein riesiger Brutkasten für Achtundvierziglinge. Er soll sich sofort für alles entschuldigen, was er mir angetan hat!«

»Tschuldigum«, sagt jemand hinter uns. Es ist Riccardo. »Tschuldigum, darfi störe?« Er hat Pasta dabei. »Wieso bringst du Essen in eine Kantine?« Er wisse doch, wie dieses Zeug hier schmecke. Da sei seine Pasta viel besser und stärke mich zusammen mit einem ordentlichen Bier. »Ich darf bei der Arbeit nicht trinken«, sage ich. »Was ist schon ein Bierchen?«, sagt Baba, die auf einmal neben uns steht. »Was für ein Mann! Und dann kann er auch noch kochen.« – »Das ist kein Mann, das ist Riccardo.« – »Du kannst gerne meinen Frank ausleihen, dann weißt du, was kein Mann ist.«

Riccardo bietet Baba von der Pasta an. Er hat so viel dabei, dass man damit die gesamte Betriebsbelegschaft füttern könnte. »Du bringst doch die Pasta nicht einfach so vorbei?«, frage ich später, als wir essen. Riccardo ist Mann genug, eine Frau nicht ohne Hintergedanken zum Essen einzuladen. »Viel Problem mit Elisa«, sagt er. »Will die dich inzwischen auch zu Wandertouren nötigen?«, frage ich. Anfangs sei alles bestens gewesen, erzählt Riccardo, sie habe ihn so geliebt, wie er war. »Keine Frau liebt ihren Mann, wie er ist«, sagt Baba, »wir bessern gerne da und dort aus.« Genau, sagt Riccardo, jetzt nörgle sie immer mehr, ja, sie schäme sich für ihn. Er dürfe nicht einmal mehr im Supermarkt einkaufen, weil sich das in den Kreisen, in denen sie verkehre, nicht gehöre. »Musse gehe Delikatessgeschäft wie ein Schwulerisch«, sagt er. Das Bier habe sie ihm auch längst verboten. Er wolle sich von ihr trennen. »Weisch, komme Moment für ein Mann zum selber sein.« Er wolle seinen blauen Trainingsanzug tragen, Bier trinken und fernsehen, bis er tot umkippe. »Genau das will ich auch«, sagt Baba, »ich will auch selber sein und einfach zwei Stunden nichts denken.« – »Sehr gutt!«, sagt Riccardo, und schon einigen sich die beiden auf gemeinsame Fernsehabende. »Schön, dass ihr eine Sofa-Affäre anfangen wollt, aber ihr müsst wohl oder übel eine Ménage-à-trois mit mir führen«, sage ich. »Wieso?«, fragen die beiden. – »Weil ich die Einzige mit Fernseher bin.«

Wahre Erkenntnis

Elvis und ich haben zu einer neuen Art des Zusammenlebens – er nennt es Zusammenlieben – gefunden, mit einer klaren Rollenverteilung: Er belästigt mich, ich wimmle ihn ab. »Hey, ein Vorschlag«, sagt er. »Die Antwort ist nein«, sage ich. »Du weißt gar nicht, was ich fragen will.« – »Die Antwort ist trotzdem nein.« – »Die Frage ist: Würde es dir etwas ausmachen, mir einen Blowjob zu machen? Nein? Wusste ich es doch.« – »Hau ab, Elvis!« Meistens knalle ich die Tür zu und denke: In einem schlechten Film bliebe er dahinter stehen, bis ich sie wieder aufmachte. Ich mache sie auf, er steht noch da und sagt: »Das Leben darf auch schlechte Plots schreiben. Hier: Rezept und Zutaten für Orangenkekse. Die liebst du doch.« – »Herrgottnochmal, Elvis, ich hasse Orangenkekse, ich hasse Männer, die selbige vorbeibringen wie apportierende Hunde, ich hasse es, morgens um acht solche Gespräche zu führen!« – »Wow! Wir streiten wie ein richtiges Paar. Darf ich reinkommen?« – »Nein.« Er steht schon drin.

»Komm, lass uns wieder zusammen schreiben«, sagt Elvis, während wir eine Ladung Orangenkekse in den Ofen schieben, »wir ergänzen uns gut als unklassisches Paar: du die Realistin, ich der Romantiker, du der männliche, ich der weibliche Aspekt.« – »Lass mich in Ruhe mit deinen Aspekten. Überhaupt: Du bist Elvis, du bist längst tot.« – »Ich habe eine Idee für eine neue Geschichte.« – »Keine Geschichten mehr!« – »Dann mach den Blowjob.« – »Raus!« Natürlich geht er nicht, sondern nervt weiter, bis ich sage: »Gut, lass uns schreiben, dann redest du wenigstens nicht.« Wir setzen uns an den Schreibtisch, streiten schon bei den ersten Sätzen und schreiben dennoch weiter.

Einmal habe ich Elvis die Geschichte von Onkel Zülfü erzählt, der bis in den Tod von den Vorhaltungen seiner Frau verfolgt wurde, ohne ihr widersprechen zu können. »Hatte er wirklich seine Sprache verloren«, fragte Elvis, »oder tat er nur so, um ein letztes Mal ungestört der süßen Stimme seiner geliebten Frau zu lauschen?« – »Elvis! Sie machte ihm Vorwürfe.« – »Waren es Vorwürfe oder Liebeserklärungen? Vielleicht zählte sie all seine Vergehen auf, damit er verstand, dass diese nichts waren im Vergleich zur unerschütterlichen Liebe, die sie für ihn empfand.« – »Mein Gott, bist du sentimental!«

Und dann schreiben wir weiter, basteln an unserer eigenen Liebesgeschichte, auf dem Papier und im Leben, verhandeln Ideen und Vorstellungen und fragen uns insgeheim, ob alles allein nicht viel einfacher wäre als zu zweit, bis einer von uns zu einer tiefen Erkenntnis gelangt: »Mist! Wir haben die Kekse im Ofen vergessen!«